全景模型

ジオラマ

桐野夏生

Kirino Natsuo

CONTENTS

—— 目次

死亡女孩 ジオラマ

DEAD
GIRL

呈趴姿被按在床上時，或是仰躺著幾乎被男人的體重壓扁喘息時，那股氣味掠過了和美的鼻腔。

那聞起來像是骯髒的水槽角落腐爛的廚餘臭味，也像是花瓶混濁的水中軟爛融化的植物的莖的氣味。每次聞到，和美就會別開臉去，仰起下巴，嘴巴不停地開合，設法呼吸到一點新鮮的空氣。

「妳有時候表情有夠厭惡的耶。」

男子小聲埋怨，不悅地起身。不知道是故意的還是不小心，扭身時手用力甩過和美的臉頰。雖然並未使勁，但手掌厚實沉重。

「好痛！」和美尖叫，反射性地用雙手護住臉頰。

「先說喔，我不是故意的。」

男子也不道歉，轉向另一邊。和美的眼角餘光捕捉到，嗜虐的神色在男子的眼中一閃而過。原以爲是個老實上班族的男子，突然變得判若兩人。

「妳這樣我會想啊，與其露出那麼噁心的表情，根本別跟我來就好了嘛。」

「抱歉，因爲有股怪味。」

男子臉色乍變。他似乎以爲被人指責有體臭了。和美原想辯解，最後還是沒有作聲。因爲她發現，即使身在同一張床上，男子的位置和自己躺臥的位置，感受也截然不同。她感覺這件事反映出與素不相識的男子待在愛情賓館的自己和對方感受間的斷層。

「我這麼臭，不好意思喔。」

男子板著臉下了床。雖然清瘦，但腰骨掛著一圈贅肉，臀部的肉也鬆鬆垮垮。和美面無表情地看著他蒼白的大腿上毛蟹般密布的黑毛。她覺得男子才三十左右，這具肉體眞是醜陋。不，不只是這個男人。所有的男人的肉體都是既滑稽又醜陋。陌生男子一旦變得精赤條條，和美就忍不住要別開目光。

「看什麼看？」

感覺到射向背後的冰冷視線，男子回頭，用一種揉雜了自卑與輕賤的表情望向和美。和美反射性地縮起身體。她以爲又要挨打了。但男子看到和美害怕的反應，只露出洋洋得意的表情。

感覺「戰爭」一觸即發。和美認知中的「戰爭」，是與男人間無論如何都不可能填補的鴻溝。不僅是鴻溝，甚至是比海溝更深的隔閡。這是和美如此感覺時的比喻。

（眞是可惡死了。我最痛恨男人這副德行了。）

和美不知該如何排遣這種時候一定會湧上心頭的憤怒，內心一陣焦灼。在公司裡，每個人都說她不起眼、很陰沉，但這樣的自己的內在，竟有著如此激越的情感，也讓她感到難以置信。

男子杵在床沿，看了和美片刻，接著甩開憤怒似地啐道：

「窮酸貨。」

「你說我嗎？」

「我可沒這麼說。」

「那是什麼意思？」

和美大感震驚，怯怯地問。然而男子假惺惺地歪頭佯裝不解：

「我也說不上來。」

（說我窮酸，你才窮酸。你這種人絕對沒有女人要，一定連付我的錢都斤斤計較。）

強烈的情感再次滾滾湧上心頭，但和美沒有表現出來，直瞪著男子鬆垮的背影，直到他進入浴室。窮酸。她不願承認自己被這句話打擊到了。也不願承認她一如往常，明明內心輕蔑對方其貌不揚，卻拿錢跟對方上床，又對此感覺到熱辣辣的屈辱。

和美仰躺著，手伸向邊几，抓起男子的菸叼進口中。接著撐大鼻翼，四處嗅聞，但已經聞不到那股腐臭味了。和美忍不住也嗅了嗅自己的身體。因爲她想到，那股臭味或許是來自拿錢跟厭惡的男人上賓館的自己身上。反省與自我嫌惡。不時湧上心頭的這些情緒，最讓和美委靡。

好想快點回到自己安全的住處。男子接下來打算對她做什麼嗎？和美擔心起來。自己怎麼會幹起這麼危險的差事來？明明是自己的心思，卻令她難以揣摩。

她聽見掀起馬桶坐墊，嘩嘩沖水的聲音。男子似乎要沖澡。聽到吐痰聲，和美畫成弧形的人工細眉糾結起來。就像有時會對惹人厭的客人做的那樣，她用目光搜視男子的衣物所在，想要翻找他的口袋。一看就很廉價的外套，隨手搭在門口附近的褐色塑膠沙發背上。兩人喝的啤酒和杯子，留在沾滿指紋的玻璃桌上。看到這些東西，和美更覺懊喪了。

要是被抓包，不曉得會有什麼下場。但一想起男子剛才那嫌惡與不耐的表情，她非報一箭之仇否則無法甘心。和美把還沒點火的菸塞回菸盒裡，裸著身體下床，窺看浴室那裡。裡面同時傳出激烈的蓮蓬頭沖水聲和浴缸放水聲。

和美立下決心，把手伸進外套內袋。她並沒有要偷錢，只是想弄張名片之類的。她沒想過弄到名片要做什麼，只是覺得若是能背著男人得知他想隱藏的祕密，一定很爽。

就在她想掏出薄薄的皮夾的那瞬間，她覺得房間突然暗了下來，彷彿眩暈突然發作一般。和美連忙把皮夾塞回口袋裡，抬頭張望房間，驚呼了一聲：「噫！」因爲她發現門口站著一名年輕女子，正看著她。

「啊，嚇死我了！」她忍不住雙手撫胸。

看到和美的反應，女子狀似困窘，淡淡地笑了。驚嚇過去之後，強烈的怒意席捲上來。

「妳是誰！在這裡做什麼？」

女子豎起食指「噓」了一聲，用共犯的表情看向浴室。女子穿著連身窄裙，牙籤般的O型腿底下，蹬著馬蹄般的厚底短靴。與和美一樣，一頭染成褐色的長髮披在身後，劉海噴了髮膠固定。和美迅速撈起地上的浴巾裹住身體，壓低聲音逼問：

「妳從哪裡進來的？快滾出去！」

女子舉起一手，像在道歉。長長的指甲塗著金色的指甲油，但前端醜陋地斑剝了。

「欸，我在問妳從哪裡進來的？」

「門沒鎖。」

女子指著門低聲回答。

「我明明上鎖了，妳絕對進不來的。」

「是嗎？可是妳沒上門鏈吧？」

女子說，連同男子的外套輕輕地抓住沙發背。她是用備份鑰匙進來的嗎？和美害怕起來。居然擅自溜進應該是密室的賓館房間，這太可怕了。

「妳不是強盜吧？拜託妳快點出去吧！」和美的口氣變得像在哀求。

「我不是強盜。欸，妳剛才想要偷客人的名片對吧？」女子一臉洞悉一切的表情，從肩上的香奈兒大包包裡取出香菸。「我都知道。最好別這麼做。遇到討厭的傢伙，根本不要知道他是誰，不要有任何瓜葛，快快回去才是最好的。」

「妳不出去，我就去跟他告狀。」

「搞不好他會以爲妳跟我是一夥的，對妳做出可怕的事喔。」

「怎麼可能？」

「就算是乾巴巴的男人，也能使出嚇死人的蠻力。妳被男人下死勁打過嗎？」

「沒有。」

「那算妳運氣好。」女子看著混亂的和美說。「妳運氣眞的、很好。」

「是嗎？」

和美覺得被女子唬過去了，難以釋然。她正想回嘴，女子卻一下子換了話題，彷彿和美的反應無關緊要。

「他暫時還不會出來，要不要趁現在聊一聊？」

「聊什麼？有什麼好聊的？」

和美傻眼，看著女人用金色打火機點燃纖細的菸，把扭曲的鋁製菸灰缸拉過去。

「聊各種事啊。像是妳的事，或我的事。」

「爲什麼？」

「我想跟妳聊嘛。喏，好嘛？」

女子懇求和美同意。看到她的眼中似乎泛著些許淚光，和美倒抽了一口氣。就算被男子抓包，反正責任也不在自己身上，既然如此，跟她聊聊也不會怎樣吧？這麼一想，和美覺得都無所謂了。

「我實在不懂怎麼會變成這樣，可是好吧。不過聊完妳快點離開，否則會遇到麻煩的人是我。」

「嗯。」女子開心地在塑膠沙發坐下來，靠在男子的西裝外套上。最好把它壓成鹹菜乾，和美冷冷地看著女子的動作想。

「穿這種便宜貨。明明就沒錢，還買什麼女人！」

年輕女子恨恨地回頭瞥了一眼身後的西裝外套咒罵。和美私心共鳴，但語氣維持平靜地說：

「妳要跟我說什麼？」

「欸，妳也在賣吧？從什麼時候開始的？」

女子唐突的問題惹得和美苦笑，在床沿坐了下來。

「我不知道妳信不信，但我是去年才開始拿錢的。一開始只是開玩笑，想說既然對方要給錢，不拿白不拿。漸漸地，我開始覺得對方想跟我上床，而我又不喜歡對方，不拿錢豈不是吃虧了嗎？」

「去年才開始嗎？」

女子似乎很驚訝。

「因爲我白天要上班啊。」和美抗議，不想被當成可疑女子的同類。

「上什麼班？」

「我是粉領族啊。打文字處理機、傳眞、接聽電話。不過都是些什麼人都能做的無聊工作。」

「是喔？我也做過那種工作。不過現在什麼都沒在做啦。」

女子隨著煙吐出這些話，落寞地低下頭。

「爲什麼？」

「因爲我已經死了啊。」

「少來了，妳說妳是鬼？別鬧了。」

和美端詳完全不像死人的女子全身。臉色雖然差，但勾勒出褐色弧形的細眉、眼皮上濃濃的眼影、紫紅色的口紅，全都一清二楚。年紀也跟和美差不多，約莫二十二歲，或是更大。一定是腦袋有問題。和美突然害怕起來。但是看見和美害怕的眼神，女子嘲笑地笑了起來。

「妳怎麼會開始賣？」

「就覺得公司很無聊，或者說，就是覺得煩。」

「是爲了發洩在公司的怨氣嗎？」

女子表情陰沉地問，似乎沒什麼興趣。

「可能吧。工作很無聊，公司那些老頭每一個都老奸巨猾，討厭死了，就覺得沒有地方可以去，感覺很空虛。」

對一個突然闖入的陌生女子，自己居然坦然說出心聲，讓和美很驚訝。女子就彷彿投射在柏油路上的黑影，明確地呈現出和美想要遺忘的部分。

「妳是不是覺得幹這行很輕鬆？」

「最近不這麼覺得了。開始累了。」

「我懂。幹這行會讓人愈來愈累。至於哪裡累，掂量對象實在很累。要看清楚這客人好不好，也是很辛苦的不是嗎？看起來有錢的人、沒錢的人，就算是有錢的客人，也有些人大方，有些人小氣，形形色色嘛。裡頭又有溫柔、膽小、粗魯的人。也有些客人是變態、動不動就抓狂，所以也得小心別碰上那種人。萬一碰上了，又得煩惱該怎麼應付。日復一日，整天就是在看客人，很快就累了，變成只跟不必想那麼多也可以完事的固定客人做。這樣是很輕鬆啦，可是會愈來愈不好拿錢呢。男方其實也很擔心會遇到怎樣的女人，會想摸清妳的底細不是嗎？然後一旦安心了，找其他女人也麻煩，就想當熟客。這樣一來就不是買賣了，會變成不同的別種關係。我就是討厭這樣。妳呢？」

默默聆聽的和美想起了某個客人。是她剛開始賣春時遇到的，近一年前的事了。她在澀谷的街上閒逛，被一個戴眼鏡的年輕男人搭訕，一起進了旅館。男子打扮不俗，態度也很斯文，和美估計她應該是部分上市企業的員工，沒想到男子一脫光，背上赫然是一整片刺青。而且只有模糊的輪廓，顯然是刺到一半就放棄的半吊子刺青。一看到這背部，感覺就彷彿瞭解了男子的一切。

可能是明白這一點，男子盡量不露出背部，和美也假裝沒發現。當然，她心裡怕死了。她以為自己終於碰上了向來仔細觀察外表、小心避開的黑道分子。然而什麼狀況都沒發生，男子付了和美三萬圓，完事後便匆匆先一步離開旅館了。

過了一陣子，男子以客戶身分出現在公司時，和美驚嚇極了。男子也嚇了一跳，直盯著和美的臉看。即使穿著樸素的灰色制服、挽起頭髮，對方似乎也一眼就認出和美是那天晚上的妓女了。在生意談完前，和美出於不安，頻頻窺望會客室。但她也盤算，如果男子揭露自己的底細，她也要揭發他有刺青的事，這樣一來就「扯平」了。這種感情，不是握有彼此把柄的共犯關係帶來的安心，更接近拿針扎自己指頭的刺痛。

不久後，男子談完生意，走出會客室。但是他看也不看和美了。和美也用緊繃的背影對著男子，沒有離開自己的座位。後來過了好幾個星期，她才悟出男子或許也有著和她相同的感受。

「妳在想什麼？妳想到什麼討厭的事情對吧？」

女子賊笑著說，和美驚覺回神。

「又沒有。」

「不必對我撒謊。幹這一行，遇到的淨是些討厭的事吧？妳不會疑惑嗎？爲什麼自己在幹這種事？這是不是有點像虐待自己，從中得到快感的SM？」

「我才沒有！」和美叫道。

女子呵呵輕笑，就像識破了她的謊言。女子嘴上的菸完全沒有燒短。浴室裡依舊傳來激烈的沖水聲。和美有點不安：時間感覺是不是有點錯亂？她回望放著手錶的邊几，結果女子開口制止：

「看我這裡。」

女子的眼睛，虹彩當中的黑點擴散開來，宛如一個大空洞。和美注視著那空洞，彷彿被吸了進去。

「我最痛恨男人了。男人的身體醜陋死了，又粗魯，又愛裝腔作勢，根本愚蠢。妳喜歡男人嗎？喜歡過男人嗎？」

「不要突然說奇怪的話。」

「會奇怪嗎？」

女子靦腆地笑，頻頻用右手梳著褐色的髮絲。染到受損，變得毛糙的髮梢變得就像毛刺，分岔成好幾根。

「喏，討厭對吧？要是喜歡，才不會做這種事嘛。」

「我不知道。我沒有想過。」

「又在撒謊。妳是個騙子。要不是討厭男人，不可能做這種事。妳剛才不是也想偷人家的名片嗎？妳討厭這個客人對吧？差點跟他吵起來對吧？這種時候，不覺得就像『戰爭』嗎？」

被一語道中，和美抬起頭來：

「妳怎麼知道？」

「當然知道啦。妳跟我是同類嘛。」

「妳怎麼知道是同類？」

女子沒有回答和美的問題，再次用一隻手梳起受損的頭髮。不管再怎麼撫摸，髮絲依舊毛糙亂翹，彷彿反映了女子內心的荒蕪。女子自顧自說起身世來：

「我啊，小學的時候媽媽跑掉，跟爸爸還有姊姊三個人生活。我媽跑掉以後，我爸整天說她的壞話，罵她賤女人、破麻、蠢貨。我覺得反正她都不在了，別管她就好了，但我爸就是罵個不停。大概我國中的時候，我發現：啊，這個人一直靠著憎恨在過活。我姊國中一畢業，馬上就離家了，我內心也早就放棄我爸，恨他恨得要死，所以根本不想待在家裡，只是沒別的地方好去，才跟他在一起而已。所以我爸下班回來的時候，我都去外面玩，不想待在家裡，等到三更半夜再偷偷回家。我們住在一棟破公寓，從哪裡都可以進去。沒多久我連回家都懶了，跟朋友在外面租屋一起住。順手牽羊、賣春，雖然是有一天過一天，但那個時候是我最快樂的時光。妳呢？」

「我爸媽都在鄉下，是普通家庭。只是……」

「只是？」

女子將空洞的眼睛轉向和美。那雙眼睛焦點渙散，甚至讓人懷疑是不是什麼都看不見。雖然身在空調不怎麼強的房間裡，和美的手臂卻爬滿了雞皮疙瘩。然而話語兀自衝口而出：

「待在公司裡，我就覺得快死了。所有的一切都無聊死了、討厭死了。與其說是討厭男人，我是討厭身邊所有的一切。」

「所以我們才會做這種事呢。做這種事，就會遇到可怕的事、覺得自己好慘。雖然超討厭的，可是討厭得要死，就讓人有活著的眞實感，對吧？」

或許如此吧。和美回想起剛才差點和男人進入「戰爭狀態」時自己的變化。這種時候，自己會變得不是自己。也許是因爲狂暴的情緒確實存在於和美的某處，自己卻一直壓抑著它而活。但是，這個怎麼看就是個妓女的女人跟自己一樣？和美不安起來。

「妳聽我說。」女子再次開口。和美懷著畏怯的心情看著她搽著紫紅色口紅的嘴角冒出小小的白泡，就像螃蟹吐沫。「我也曾經正經過的。雖然我沒能讀高中，但當時認識了一個黑道，那個大叔非常爲我著想，給了我很多建議。他規勸我說『妳這樣下去會沒救』，介紹我進去他朋友的公司上班。

是在供應濕毛巾的商家做行政人員。那個黑道大叔自己在賣毒給小孩，卻對我很好，叫我千萬不能碰那種東西。那個時候我好感動，覺得他是眞心在替我著想。可是沒多久，我聽到黑道大叔的背景，整個幻滅了。他說他有個跟我年紀差不多的女兒，女兒離家出走了，他很擔心。我一想到：啊，這個大叔也跟我爸一樣嘛，就突然覺得一切都蠢斃了。簡而言之，他只是把我當成他女兒的替代品罷了嘛。玩什麼父女家家酒嘛，有夠蠢的。」

「妳跟那個黑道睡了嗎？」

「睡了啊。」

「妳不喜歡他嗎？」

「只是以爲喜歡而已。因爲他願意聽我說話，不會否定我。可是，其實他也根本不喜歡我。他只是想要一個可以高高在上下指導棋、像女兒般的女人罷了。超好笑。」

女子煩躁地把根本沒燒短的菸捺在桌上的菸灰缸裡揉掉。凹陷的菸灰缸失去平衡，在玻璃桌上喀噠搖晃個不停。

「所以我離開大叔家，從十九歲開始靠著賣身過日子。」
「妳沒有男朋友嗎？」
「沒有。靠賣身賺錢，怎麼可能交到男朋友。而且要是交了男友，就沒辦法賣了。這不是重點啦。妳明明知道。妳自己也沒有男朋友吧？」
和美沉默。她已經幾乎沒有交男友的渴望了。那是國中生幼稚的夢想。她對現在的男人沒有任何期待。自己會在入夜後站在街頭，是因爲不想獨自一個人待在狹小的公寓住處。公司無聊透頂，一個人也無聊透頂。只是這樣罷了。如果一個人獨處，就必須面對自己。這樣一來，什麼都沒有的空洞的自己，一定立刻就會無聊到發瘋吧。爲了就像剛才看到的這女人眼中虛無的空洞。
「妳想要男朋友？」
女子撫摩搭在肩上的香奈兒包金色的商標問。
「不想要。」
和美又回想起背負著半吊子刺青的客人。自己也跟他一樣。自己也背負著看不見的刺青，所以一輩子都沒辦法曝露出自己。只要無法擺脫那種自卑，就不可能跟男人相知相契。聽到和美的回答，女子兀自點了好幾下頭：

「才一個星期以前的事而已，我遇到一個超讚的男人。就在我跟客人睡過一晚的飯店電梯裡面。那家飯店很新，金碧輝煌，到處都是鏡子。不是妳做生意那種賓館，是如假包換的……那叫城市飯店嗎？高樓大廈，美奐美輪、超昂貴的飯店。就是跟買了我一晚的客人走出電梯的時候。那是叫退房時間嗎？那個客人是熟客，說他是服裝評論家，是個又肥又醜的老頭子。都快六十了，雖然不會要求搞些花招，但愛慕虛榮又小氣，我眞是受夠他了，覺得要跟這種老頭打交道，眞的討厭死了，沮喪到谷底。那傢伙居然這樣說耶：『我們應該分開搭電梯的。』走出房門一步，就覺得丟臉啦？跟我在一起有那麼丟臉啊？就在這時候，那個超讚的男人在中間的樓層進了電梯。他帶著一個女人。那女人一看就是我的同類，而且是個早就超過三十的老女人。可是那個男人眞的超讚的，讓人覺得只要身邊的男人好，妓女也能跟著雞犬升天。而且更氣死人的是，那個男人居然跟妓女手勾著手。」

女子用陶醉的口吻說著，但眼神十分陰暗。和美插口：

「妳不是才說妳討厭男人？」

「我是討厭男人啊。可是有時候還是會忍不住期待吧？會想：啊，他是不是能翻轉我內心對男人的壞印象？」

「原來如此。那是個怎樣的男人？」

「大概三十左右，穿亞曼尼西裝，戴勞力士錶。長得超帥，感覺根本不用花錢買什麼女人，到處都有女人願意投懷送抱。」

「妳居然看得出是亞曼尼。」

「不是我自誇，我有空就會去逛名牌店，所以看得出來。我才沒妳這麼土。」

女子瞧不起地看著和美。和美害怕，女子的腦中是不是正浮現剛才男子說的「窮酸貨」這三個字？這也是和美背負的刺青之一。

「唔，算了。如果妳覺得不舒服，我道歉。然後啊，我超羨慕他身邊那個女人的。明明長得不怎麼樣，卻有這麼讚的男人買她，看起來對她又很好。然而我卻得給這種痴肥老頭子睡，還被他擔心會不會被櫃台的人看出來，只想離我遠遠的。所以啊，我交互看著兩個男人，重重地嘆了一口氣。在高速電梯裡面，我重重地『唉～唉』了兩聲。」

「結果呢？」

「我那個熟客一臉厭惡，瞪著電梯樓層數字，一副只想快點到一樓的樣子。那一男一女裝作沒聽到的樣子。一到大廳，我就大聲對老頭說：『歡迎下次惠顧！』對方不想被飯店小弟看到他跟我在一起，所以假裝不認識，一聲不吭，但表情滿滿的屈辱。當然，我知道這樣很沒有生意道德啦。可是，我想是那個超讚的男人讓我大受刺激吧。妳應該懂吧？喏，妳懂吧？」

女子拚命向和美尋求認同。和美無可奈何，點了點頭。但她知道如果是自己，不管遇到再怎麼讚的男人，也不會做出這女人的舉動，也不會有絲毫期待。

「然後，我跟客人分開後，繞到後方停車場的電梯。因爲我料定那個男人雖然帶著女人，但可能是開車來的，或許可以遇到他。不出所料，男人一個人走出來了。」

「妳跟他搭訕了？」

「不是喔，是他主動跟我攀談的。他說：『妳剛才大嘆一口氣呢。』我說：『你聽到了？』他什麼也沒說，只是笑。他的笑容好帥，看得我都痴了。然後他說：『我開車來的，要不要送妳回去？』我開心死了，又想：啊，一直以來我都以爲自己完全不喜歡男人，可是或許其實不是這樣的。」

女子說完，就此噤聲，再次點燃香菸。和美回頭望向蓮蓬頭水聲忽然止息的浴室。可能是在泡澡，偶爾會傳出嘩啦啦的拍水聲。我們已經聊了這麼久了，他怎麼還沒洗完？和美不安起來，頻頻偷瞄女子的側臉。她開始想，女子說她是鬼，搞不好是眞的。女子臉色蒼白，長長的睫毛低垂，直盯著沒冒什麼煙的菸頭。

「他差不多快洗好了，妳是不是該離開了？」

和美聲音發顫地說，女子依然沒有抬頭。

「我還沒說完啊。」語氣自信十足，篤定說完之前男子都不會出來。「拜託，聽我說完。」

「好啦。然後怎麼了？」

「他開的是賓士。這要是平常的我，一定會開心是個有錢人，但那天卻覺得有點怪。也就是說，我沒辦法把他當客人。因爲我把他當成一個男人看待，所以完全沒辦法像平常那樣去掂量他了。結果那個男人說：『妳願意陪我嗎？價碼不會虧待妳。』我有點失望，笑自己在期待什麼啊？在飯店電梯裡，人家早就看出我是在賣的了啊。然而我卻還想裝模作樣，簡直笑死人。所以我就說好，結果他把我帶到新宿的破爛賓館來了。」

「不會是這裡吧？」

和美問，女子沒有回答。

「進房間的時候，我覺得眞是慘到家了，沮喪得要死。帶那個妓女上的是高樓飯店，帶我卻是來這種賓館。我大失所望，噘起嘴巴，結果都被男人看在眼裡了。他冷不防出拳揍我，吼我：『妳這個臭婊子！』我整個人被揍飛到床角，掉進那邊的凹洞，頭撞在牆上。」

女子指著和美坐的床鋪旁邊的凹處。朝那裡一望，貼著骯髒塑料壁紙的牆壁似乎有些凹陷。和美怯怯地問：

「他爲什麼突然打妳？」

「因爲他也討厭女人。就跟我討厭男人一樣。然後他就跟我爸一樣，靠著對女人的恨意過活，因爲討厭女人，總是在尋找向女人報復的機會。我在電梯裡面表現出他比較好的樣子，露骨地瞧不起熟客，讓他覺得婊子神氣什麼，生氣起來了。」

「怎麼會？這有什麼關係啊？」

女子聳了聳肩：

「可是，照他的邏輯就是這樣。就像妳會賣春，有妳自己的一套邏輯，也就是『戰爭狀態』啦。我搖搖晃晃地爬起來，他就強暴我，掐我的脖子。」

「他是虐待狂嗎？」

「比這還糟糕。他是殺人狂。」

和美倒抽了一口氣。感到雞皮疙瘩唰一聲爬滿了全身。而且皮膚上的疙瘩愈來愈大，幾乎可以感受到每一粒疙瘩的震顫。女子同情地看著和美恐懼的樣子說：

「所以囉，快點離開才是爲妳好。在妳淪落到我這種下場以前。因爲我還塞在妳坐的床鋪底板跟床墊之間。」

女子搖搖晃晃地站起來，似乎走向了門口。坐在床上的和美彷彿觸電一般，滾落到磨得都快禿光的地毯上，接著提心吊膽地仰望床鋪。她想起女人說她大概一星期前才遇到那個男人，接著想起剛才時不時嗅到的惡臭。不用回頭，她也知道女人的身影不在房間裡了。但女人還在這裡。和美扶著地毯，慢慢地站起來。她壓抑著恐懼，注視著床鋪。結果她覺得凌亂的被單底下浮現出女子橫躺的輪廓。O型腿硬被掰直，金色指甲油斑駁的手指扭曲，塗著暗紫色口紅的嘴唇呆呆地張開，這樣的身影。半張的眼皮底下露出的瞳孔是兩團空洞，什麼都看不見。被床墊及許多男女的體重壓扁的女人。那就是我——和美想。

浴室的水聲突然停了，傳來男客的聲音：

「欸，可以延長嗎？」

和美聲音沙啞地應聲：

「付錢就沒問題。」

沒有回應。和美在床上仰躺下來。像女子那樣抬起下巴，彎曲手指。她覺得惡臭變濃了，但沒辦法，因爲這是「戰爭」的氣味。和美緊緊地閉上了眼睛。

六月新娘

JUNE BRIDE

ジオラマ

螢幕上接連映出貴子從小開始的照片。

在游泳池玩耍的嬰兒時期的貴子。七五三①盛裝打扮的模樣。小學入學典禮。每一張應該都是從數不清的照片中精挑細選出來的經典時刻。每一張都很可愛。必須在這時候說點什麼才行。健吾在貴子的耳畔細語：

「好可愛喔。」

插在貴子頭髮上的滿天星碰到臉頰。滿天星有股奇怪的味道。健吾想著這種無關的事。

今天他從一早就神思不屬，並不是因爲一生一次的結婚典禮，所以緊張過頭了。因爲他滿腦子淨是在想：這樣就好了嗎？這樣眞的好嗎？

去年十一月，他有了相親的機會。實際見面之後，他也的確認爲應該可以和貴子相處得很好。貴子長得很普通，但個性文靜內斂，是強烈想要步入婚姻的家中二女兒。二十五歲。聽說貴子也認爲健吾「條件再理想不過」。健吾是長子，但父母和姊姊夫妻一起住，又是公務員，長相也還算可以，二十六歲。也就是雙方都選了門當戶對的安全牌。

「我的夢想是當個六月新娘。」由於貴子強烈地如此希望，因此一得知可以訂到六月的結婚會館，兩人一眨眼就步上了禮堂。認識才短短半年，也沒有太多的時間深入瞭解彼此。所以健吾也和賓客一樣，是第一次看到貴子小時候的照片。

「哇，眞可愛！」

這次貴子低聲回道。輪到播放健吾的照片了。穿著大兩歲的姊姊的衣服的健吾、抱著兔子玩偶的健吾、在幼稚園打開粉紅色便當盒的健吾。

「都是姊姊傳下來的東西呢。」健吾說。

「很好啊，很省錢。」貴子回應。

塗成全白的臉和脖子、鮮紅色的口紅。在心心念念的知名婚紗會館挑選

---

①日本習俗，在男孩三歲及五歲、女孩三歲及七歲時，會將孩子盛裝打扮，帶到神社參拜，感謝順利成長，稱為「七五三」。

的豪華粉紅底金絲刺繡的第二套禮服。今天美得無懈可擊的貴子微笑著，完全就是幸福的化身。

這就是婚禮嗎？主角健吾以失去現實感的眼神張望著婚禮會場。婚宴接近尾聲，卡拉ＯＫ、親戚小孩芭蕾舞表演等節目輪番上演，場內籠罩在歡欣的氛圍裡。

「那麼，請新郎新娘向父母獻上感謝的花束。」

掌聲響起，健吾和貴子在引導人員帶領下，款款步下高台。兩人的父母拘謹地站在門口，都淚濕了眼眶。貴子見狀，以戴著白色長手套的指頭輕輕揩淚。她完美地嵌合在形式這樣的框架裡。健吾發現自己悄悄地想要逃離此地。但是，他已經無法脫身了。

從蜜月旅行的義大利回來後，健吾就已經受不了貴子了。

至於兩人在義大利做了什麼，就是購物和吃美食。健吾不停地被帶去從來不曾踏入的名牌店。貴子在店裡取出朋友託買的包包和皮夾的型錄和清單，要求「這個兩個」、「那個三個」，大買特買。買的東西當然統統丟給健吾提。

晚上也是，去這家餐廳吃義大利麵、去那家吃托斯卡納料理，貴子拿著旅遊書，精力旺盛地一站接著一站，對於第一次出國瀉肚子的健吾，沒有絲毫溫柔的體恤和餘裕。抵達成田機場後才發現，買的全是貴子自己和她朋友的東西，甚至沒買禮物給媒人和父母。

原以爲貴子是個文靜乖巧的女人，沒想到大錯特錯。健吾回想起主導權全被搶走的蜜月旅行，盯著躺在一旁的貴子的睡容。貴子睡得很熟。健吾看看枕邊的鐘。晚上十一點半。他悄悄下了床。

帶著無線電話子機去到隔壁房間角落，按下默背起來的號碼。鈴聲響了三聲，對方接聽了。健吾小聲說：

「喂，中田家嗎？請問雅義在嗎？」

「我就是。阿健嗎？」

話筒傳來年輕男子沙啞的聲音。

「啊，小雅。好久不見。」

健吾就是想聽到這聲音。他鬆了口氣，豎起耳朵細聽對方家中的動靜。遠方依稀傳來電車聲。只是短短十天沒講電話而已，卻覺得懷念到不行。

「蜜月旅行玩得怎麼樣？」

「哪有怎麼樣，累死我了。」

「什麼事那麼累？」

「女人眞的很愛血拚耶，嚇死我了。」

雅義嘿嘿一笑：「什麼啊，血拚喔？」

「還什麼呢，羅馬的路易威登還有入場人數限制，要排隊呢。排隊的全是日本人，丟臉死了。好不容易進去了，店員態度也超差的。那女人拿出型錄，店員居然嗤之以鼻，一整個瞧不起人的態度。然後讓我們等了老半天，才總算從裡面拿出一個包。買好全部要買的東西，花了超過一小時呢。我實在不懂為什麼要受這種氣，也非買不可？可是那女人卻開心得要命，說什麼能買到眞是太好了。有沒有一點自尊啊？」

「太太喜歡名牌貨呢。」
「好像。」
「你就想娶這種的？」
雅義調侃地說，但健吾覺得那聲音當中帶著責備。
「我又不知道她是這樣的人。」
「一般不是會先瞭解對方再結婚嗎？」
健吾沒有回答，而是大大地嘆了一口氣。透過電話似乎也聽見了，雅義發出同情的聲音：
「抱歉抱歉，你情況特殊嘛。」
「居然要高中生來安慰，我真是沒救了。」
「是啊。」對方笑。
「小雅你呢？都一樣嗎？」
「嗯，戶田有比賽，慘敗。」雅義的聲音消沉。
「這樣啊。可是你有在鍛鍊身體，會愈來愈強壯的。」

健吾想像據說加入縣立高中划船隊的雅義的模樣。但那只不過是想像。他們連一次都沒有見過面。

「欸，你身高幾公分去了？」

「我嗎？沒那麼高啦。之前不是說過了嗎？一七一，體重六十八。」

「眞羨慕。」

「有什麼好羨慕的？」

「喔，就感覺很健康啊。」

「那阿健你呢？」

「我一七五，六十二公斤。」

「你比較好，苗條。」

「也沒苗條到哪去啊。」

「不管這個，阿健，初夜怎麼樣？」雅義似乎迫切地想要知道。

「哦。」健吾偷看臥室。只聽到規則的呼吸聲。「你想聽？」

「嗯，告訴我啦，怎麼樣？」

雅義以充滿好奇的興奮聲音催促著。

「沒什麼問題。我不是跟你說過嗎？我高中的時候跟女生交往過。」

「你有提過。」

「所以這部分是沒問題。」

「怎樣啦？說啦。」

雅義更想知道了。但健吾顧忌睡在隔壁房間的新婚妻子，沒有透露更多。

「下次她不在的時候再告訴你。」

「是喔。」雅義似乎很失望，但立刻換了個話題。「不說這個，最近我實在很沮喪。」

「怎麼了？出了什麼事嗎？」

雅義願意向他傾吐煩惱，讓他覺得開心。健吾鬆了一口氣追問。

「之前我不是說有個很帥的學長嗎？」

「你說划船隊嗎？怎樣的型？」

「很壯，頭髮很短，有點像長瀨。」

「你說TOKIO的長瀨？既然在划船的話，應該曬得很黑，是個肌肉男吧？」

「對，有肌肉的長瀨。划船的時候，肌肉不是會隆起嗎？划著划著，T恤就開始汗濕，肌肉線條愈來愈明顯，看得我心揪得好痛喔。」

聽到這番說明，健吾屏住了呼吸。但這是因爲他想像雅義本人應該就長得像他形容的學長那模樣。

「好帥喔。」

「超帥的。可是他很冷漠。」

「你試探過了嗎？」

「試探過了啊。」

「是直男嗎？」

「應該是。」雅義憂鬱地低聲喃喃。「他喜歡可愛的女生。」

「我說小雅，這種人很吃香，所以充滿自信對吧？既然如此，試探是不夠的。」

「咦？那要怎麼做？」

「我也有經驗，對這種人，只能讓他們對你刮目相看，認爲你也是個厲害角色。」

「這樣喔？」

雅義深刻地回應。健吾擺出前輩嘴臉，指點了近一個小時，依依不捨地掛了電話。

把電話放回原處，進入陰暗的臥室。緊貼在一起的兩張床。貴子睡得正香。健吾回想起剛才沒能告訴雅義的內容。

貴子是處女。她是會夢想成爲六月新娘的女人，若說這是當然的，或許也是理所當然。但是看到她在蜜月旅行中表現出來的油滑嘴臉，健吾就是覺得矛盾到了極點。

「這是我的第一次。」

在舉行婚禮的飯店房間裡，貴子當著他的面這麼說時，坦白說，他一陣驚慌。但是對貴子來說，以處女之身結婚，似乎就是她的人生目的。

「妳沒交過男朋友嗎？」

「有，可是我想要保持貞潔直到結婚。」

「這樣啊，眞高興。」

嘴上這麼說，但健吾感覺到千斤重擔，驚慌失措。那天晚上勉強完成義務後，健吾陷入自我嫌惡，詛咒輕率結婚的自己。

健吾是個同志。他是在高中的時候發現自己的性傾向的。雖然跟女生交往過，但一點都不感到心動，只覺得又煩又累。跟男生混在一起更快樂許多，性行爲也更舒服多了。

如果要向世人隱瞞自己的眞面目，就只能假結婚了。這是他鑽牛角尖到最後所做出來的結論。

健吾剛回到床上，可能是感覺到動靜，貴子無意識地把手伸了過來。接著把頭蹭了過去，想要鑽進健吾的胸懷與臂膀間。看到那安心無比的模樣，想到自己必須欺騙貴子一輩子，健吾陷入茫然，再也睡不著了。

隔天早上，廚房傳來的聲響把他吵醒了。早就起床的貴子似乎正在準備早餐。健吾覺得簡直就像家庭連續劇。

「老公，再不起床就要遲到囉。」

甜蜜的聲音在呼喚。健吾和雅義講電話到很晚，後來也心事重重，輾轉難眠。健吾硬是撐開眼皮。一結束蜜月回到家，就改口叫他「老公」嗎？

「才剛新婚就遲到，人家不曉得會怎麼說你。」

起床一看，已經化好全妝的貴子站在眼前。甚至塗了口紅。

「妳已經化好妝了？」

「人家不想讓你看到我剛睡醒的臉嘛。」

蜜月旅行的時候不是早看光了？健吾這麼想，但還是輕描淡寫地回道：

「有什麼關係，我們是夫妻啊。」

說出口後，他對自己感到厭惡。一切都如同模子。而且是老套到不行、陳腔濫調到極點的模子。他想要把同志的自己嵌進那種模子裡頭。

餐桌上準備了宛如和式旅館的日式早餐。

「我早上喝咖啡就好。」

「咦！」貴子失望地噘唇不滿。

「不過晚上我會早點回家吃飯。」

「這樣嗎？」貴子的表情亮了起來。「我廚藝不太好，不過我會加油。」

「太好了。」

這種家家酒般的生活要持續到什麼時候？健吾勉強自己每一樣都吃一些，頂著吃太飽的沉重肚腹離開家門。抵達職場後，好陣子會被同事們調侃新婚吧。也得去跟擔任媒人的課長道謝。胃口總有一天會適應，但社會這東西，自己絕對不可能適應得了。健吾為了種種煩雜，情緒抑鬱。

這天健吾在職場飽受打趣奚落，終於踏上了歸途。慢慢地從車站經過住宅區，看見坡道上的公寓。二樓邊角的自家那一戶亮著燈。貴子正在那裡等他回去。一想到這裡，健吾難受極了。不光是為了他欺騙了貴子，更是對無法豁出去坦白的自己，以及必須欺騙才能活下去的人生。

幾天後的夜晚，健吾確定貴子熟睡以後，按下熟悉的號碼。

「喂，我是阿健。」

「喂喂喂，你這樣行嗎？三天兩頭就打來。」

「沒事啦。她睡著了。」

雅義好像站起來關上窗戶了。噪音突然消失，感覺雅義一下子來到了身邊。雅義壓低聲音問：

「今天做了嗎？」

「做什麼？」

「做愛啊。」

「才沒有。只有初夜那一次而已。」

「這樣不行啦。要做啊。女人就想被人幹啦。」

「你這小毛頭亂說什麼。」

健吾一陣氣憤，接著陷入悲傷。其實他才剛和貴子陷入尷尬。

健吾洗好澡出來，貴子便靠上來細語：

「我那個已經走了。」

健吾遲了好幾拍，才想到她在說月經。然後晚了更多拍，才發現貴子是在邀他親熱。健吾方寸大亂，假裝沒聽見。貴子站在原地等他回話，但因為健吾什麼反應也沒有，她似乎感到受傷，走進廚房了。在貴子狹隘的常識裡，她一定是認為新婚丈夫每晚都會索求妻子的肉體。雖然覺得必須配合才行，但健吾盡量想要避免跟貴子發生性行為。

健吾總算醒悟到要欺騙自己有多困難。照這樣下去，或許會落得離婚的下場。偏離社會正軌，這不正是健吾最害怕的事嗎？

雅義悠哉地詢問突然安靜下來的健吾：

「欸，你怎麼了啦？」

「我說，小雅，你可以跟我做愛嗎？」

健吾立下決心說。

「我？用電話嗎？」

「當然。」

「可是……」

雅義似乎想說這不包括在合約裡面，健吾連忙說：

「我付你五千圓。」

一陣停頓後，雅義回應：

「那好吧。可是你太太沒問題嗎？」

「她睡著了，不會發現。」

「好。那沒關係。開始吧。」

健吾開始對想像中的雅義進行各種描寫。適合白T恤的健壯的雅義。小船拍打出閃耀的水花不斷前進。『划船的時候，肌肉不是會隆起嗎？划著划著，T恤就開始汗濕，肌肉線條愈來愈明顯，看得我心揪得好痛喔。』

健吾是透過 Dial Q2[2] 服務認識雅義的。那是一年前的事了。

「廉售同志錄影帶」。

他打電話到求售留言裡的號碼，接到雅義的回覆。錄影帶是翻拷的東西，內容也沒什麼大不了的，但認識雅義這個高中生，是意外的收穫。

「你是做什麼的？」

「我讀縣立高中。一年級。」

「你對同性戀有興趣？」

「不是，我算是直男，不過也是有喜歡的學長。」

跟我一樣，健吾想。自己也是如此。高中的時候跟女生交往，同時也崇拜同性，是自己的本質在混沌中開始顯露出來的時期。也可以說是人生分水嶺的時期。

「所以你對男人有興趣。」

「嗯，我覺得那個學長很帥。」

「你有女朋友嗎？」

「也不是沒在交女朋友，但沒有固定的對象。」

健吾想，雅義一定在男女生之間都很吃香。雅義聲音沙啞，說話口氣有點冷漠，但遣詞用句相當知性。而且划船隊這種肉體的氣息也深深吸引了他。

「我說，如果你願意的話，要不要透過電話跟我交往？」

「透過電話交往？什麼意思？」

「我會打電話給你，你只要陪我聊天就好了。」

「哦，電話交友啊。每個人一開始都這麼說。」

「也有別人邀你嗎？」

「嗯。說想跟我見個面。有人死纏爛打一直約。」

能認識高中生的機會非常難得，會有其他利用Dial Q2的寂寞男子們邀

②Dial Q2（ダイヤルQ2）是日本電信電話ＮＴＴ所提供的服務，讓業者能以電話提供新聞等資訊服務。但後來愈來愈多色情業者利用此服務提供色情語音，造成青少年沉迷、高額電話帳單等各種社會問題。二〇〇〇年後因為網路普及，使用者減少，於二〇一四年停止服務。

約，感覺是天經地義的事。健吾追求的語氣自然變得焦急起來。

「我不會提出任何要求。」

「眞的只要講電話就好了？」雅義再次確定。

「眞的。一個月兩萬怎麼樣？」

「只是聊天？」雅義似乎很驚訝。「你覺得我可以的話，那好啊。」

「謝謝你。我覺得我也可以爲你解惑那些。」

「嗯。可是，不是天天吧？」

「每星期兩、三天就好。如果會打擾到你念書，跟我說就好。」

「好。」雅義似乎鬆了口氣。

「錢要匯到哪裡？」

雅義想了一下說：

「我沒有自己的帳戶，你可以匯到我姊的帳戶嗎？我再去把號碼抄下來，下次跟你說。」

「好啊。」

這樣的事應該是頭一遭吧。雅義不知所措了一下的聲音，讓健吾覺得很可愛。

兩人開始透過電話交往。時間總是在晚上十一點到十二點之間。但每次聊起來就欲罷不能，總是不小心講到超過一小時。雖然說好每星期兩、三天，但有些時候健吾會天天打電話。電話費帳單每個月超過三萬圓，加上要付給雅義兩萬圓，健吾等於是每個月花費超過五萬圓在這段交往上。即使如此，和仍未踏進同性戀圈子的年輕的雅義聊天非常快樂。健吾在雅義要求下，說出自己的經驗和煩惱。

「高中的時候我交了女朋友，才第一次明白，開始懷疑自己可能是同志。因爲女人除了煩人以外，還有什麼？」

「女人哪裡煩了？」

「動不動就哭，又沒腦袋，只會聊電視節目跟藝人，根本沒得聊啊。久一點沒打電話就鬧脾氣，怪我爲什麼不打電話。跟其他女人說話就吃醋，眞是煩死人了。」

「確實如此呢。」

「男人跟男人更瞭解彼此，相處起來舒服多了。」

「我也是。怎麼說，一個眼神就懂了，就像有心電感應一樣。有時眞教人興奮呢。」

「嗯。」

「阿健，你去過二丁目③嗎？」

「有啊。那裡讓我覺得：啊，我的人生就在這裡。」

「那你怎麼不去那裡？」

「不可能啊。」健吾拉大了嗓門。「沒辦法的。我有父母，還有工作。如果要在二丁目活下去，就只能在酒家那類地方上班。我做不到。」

「你想要過普通的生活。」

「那當然啦。爲什麼不能喜歡男人，然後像一般人一樣生活呢？」

確實，如果能夠像這樣理所當然地活下去就好了。但是和雅義聊天，健吾更強烈地意識到自己是一名同性戀者。這樣下去，形同在欺騙父母。他知道被蒙在鼓裡的父母爲了健吾結婚非常高興。而且如果自己的同性戀身分曝光，很可能會失去公務員的飯碗。徹底偏離正軌，就這樣過完這輩子。光想就讓人戰慄不已。

擁有不可告人傾向的人，傾向愈深，與社會的摩擦就愈強烈。而摩擦愈強烈，就愈希望徹底隱藏，實在不可思議。

「舒服嗎？」

耳畔聽見雅義的聲音。健吾猛地回神。

「啊，抱歉。」

「沒關係啦。」

……

③新宿二丁目是日本知名的同志區。

雅義的聲音有點不耐煩。健吾連忙辯解：
「就只有這一次，下不爲例。」
「嗯。萬一被你太太發現就麻煩了吧。」
健吾忍不住回頭看後面。臥室沒有任何動靜。
「沒事的。」
「可是，你打算繼續到什麼時候？差不多該停止了，或是跟你老婆坦白怎麼樣？」
「我做不到。」
「爲什麼？」
健吾啞口無言。爲什麼做不到？爲什麼沒辦法坦承自己是同性戀者，甚至跟人假結婚？雅義沉靜地說：
「我啊，不是已經站在同性戀圈子的入口了嗎？」
「是啊。」
「可是看到阿健你這個樣子，就會覺得還是太可怕了，還是喜歡女生比較好。」

「這樣啊。回得去的話，我勸你回去比較好。」

健吾如此忠告，卻寂寞萬分。他希望雅義不要棄他而去。他好想直接說出來，但他選擇了沉默。

隔天早上，貴子異於平日，滿臉不悅。

「欸，昨天晚上你在跟誰說話？」

「昨天晚上？」

健吾的聲音顫抖。被她看到了嗎？

「對。三更半夜聽到窸窸窣窣的說話聲，我嚇了一跳。你是在講電話吧？之前也有過好幾次。」

原來她都知道？健吾屏住呼吸。貴子對突然沉默的健吾窮追不捨地問：

「是誰？」

「抱歉。我睡不著，所以跟大學朋友聊了一下。」

「女的嗎？」貴子橫眉豎目。

「不是，是男的。」

「他有來參加婚禮嗎？」

被貴子尖銳地追問，健吾慌了手腳：

「沒有，他沒來參加。當時他在旅行。」

「他叫什麼？」

「中田雅義。」健吾不小心說出名字了。

「是社團的朋友嗎？」

「不是，是研究室的學弟。妳幹嘛一直問？」

「沒什麼，因爲你們感情好像很好。而且電話費很貴。」

貴子不滿地喝著咖啡。健吾看著妻子的臭臉，起身準備去上班。但他滿肚子火。爲什麼我要對貴子這麼低聲下氣？爲什麼我連自己朋友的事都得一一跟妻子交代？她又不是我的監護人。腦中浮現高中交往的女友，她也是凡事都要干涉，令人厭煩。男人之間就知道分寸，也懂得體恤。但女人厚臉皮又沒神經。健吾對貴子——不，對所有的女人，甚至感到憎恨起來了。

今晚也打電話給雅義吧。否則這輩子都要被貴子騎在頭上了。他都已經在僞裝自己過日子了，沒必要對妻子讓步這麼多。健吾粗魯地甩上玄關門。

「今天我好睏。」

貴子頹倒似地上了床，一下子就發出鼾聲了。健吾在她洗完澡喝的啤酒裡偷偷放了安眠藥。健吾站在床邊，觀察了片刻。很快地，他確定貴子眞的睡著了，拿起電話。

「喂，請問雅義在家嗎？」

電話另一頭傳來老人困惑的聲音：

「這裡沒有叫雅義的人。」

「抱歉，打錯電話了。」

健吾道歉掛了電話，但並不覺得有多奇怪。雅義這個名字應該是假名吧。這一點他依稀看出來了。因爲之前也發生過一樣的事。當時是疑似母親的人接的電話，說「你打錯了」，掛了電話。

雅義眞正的名字叫什麼？他是怎樣的高中生呢？好想見見他。健吾回想起昨天電話中的行爲，感到身體火熱起來。不知不覺間，他對雅義萌生出近似戀愛的感情。

近午夜十二點時，健吾立下決心再打了一次電話。

「喂？」

是有些性急的、熟悉的雅義的聲音。

「啊，小雅。是我。」

「阿健嗎？你剛才有打來對吧？」

「對啊。接的人說沒有叫雅義的人。」

「那是我阿公啦，他老人痴呆。」

健吾沒有說出以前疑似他母親的人也說過一樣的話。

「那就好。」

雅義的房間傳來某些聲響。是憋笑聲。

「有人在那裡嗎？」
「嗯，有客人。」
「是女生嗎？」
「對啊。」
健吾大失所望，同時也焦急起來，覺得必須設法挽留雅義。這樣下去，自己形同生活在孤島。他必須想辦法逃離這樣的寂寞才行。雅義就像是定期靠岸孤島的船隻。
「我叫她聽電話。」
健吾來不及拒絕，像高中女生的聲音就接了電話：
「喂？你是小雅的誰啊？」
健吾當場掛了電話，在陰暗的房間角落蹲了下去。臥室傳來藥物導致的不自然鼾聲。甚至下藥讓貴子睡著，自己到底在做什麼？太可悲了。
隔天早上，貴子無法準時起床。她在床上昏昏沉沉打盹個沒完。
「妳不舒服嗎？」

健吾感到良心的苛責，但佯裝若無其事地問。

「嗯。超想睡的。眞奇怪。」

「會不會是因爲喝了啤酒？」

「可是我酒量明明很好啊。」貴子眼皮閉著，以遲滯的口吻說。「好奇怪。身體好沉重。」

「妳繼續睡吧。我自己會去上班。」

「嗯，抱歉。」

當晚，貴子說她一整天都不舒服。

「我從來沒有這樣過。老公，你給我喝的啤酒是哪一牌的？」

健吾亮出啤酒空瓶。貴子不停地歪頭表示納悶，健吾內心忐忑極了。他不想再做這種事了，但如果不這麼做，很有可能失去雅義。他不知道該怎麼辦才好。

幾天後的星期天，貴子的父母來家裡做客。

貴子說要跟母親去附近買東西，健吾覺得奇怪。因爲上午健吾才剛和貴子一起去過超市，已經採買好做飯需要的食材了。

兩人一離開，坐在沙發的岳父便嚴肅地轉了過來：

「健吾，這話實在不好啓齒……」

「什麼事？」

健吾原本想要端出啤酒招待，聞言開冰箱的手停住了。岳父別開老花眼鏡底下顯得異樣碩大的眼睛說：

「你在婚前是不是有交往的對象？」

健吾僵住了。

「沒有這回事。」

「我想也是。你看起來很潔身自愛，也沒聽說有這類傳聞，所以我們也都很放心。但貴子說你晚上等她睡著後，好像都會跟女人講電話講個不停，所以我們很擔心。」

居然跑去跟父親告狀？健吾陷入愕然。

「我有時候會跟以前念書時的朋友聊天，不是女人。」

「這樣啊。」

雖然這麼回應，但岳父似乎仍未完全放下對他的懷疑。他顯得疑惑。健吾姑且道歉：

「抱歉。讓爸擔心了。」

「不，這是沒什麼。」岳父難以釋然地接著說。「只是啊，我不曉得該不該說出來，但貴子說她遇到一件怪事，所以我很擔心。」

「什麼事？」健吾感到心跳加速。

「她說有一次突然睏得要命，就好像被下了安眠藥一樣，一直到天都亮了還醒不來。」

「應該是太累了吧。」

「我也這麼想，但她說她覺得你趁她昏睡的時候在跟女人講電話。」

「不是女人啦。眞的是大學的學弟。他叫中田雅義。」

「啊，這樣啊。」

聽到名字，岳父可能是放心了，肩膀放鬆下來。

「我們回來了。」

就像算準了時機般，岳母和貴子回來了。手上提著哈蜜瓜。碰上岳母刺探般的銳利眼神，健吾窩囊地驚慌失措。假結婚的「報應」終於來了。或許最好不要再打電話給雅義了。但一想到和雅義聊天的快樂，他遲遲下不了決心。

再一次就好。最後打一次電話，然後要他答應跟我見一面。這樣一來，應該就能死心了吧？可是萬一還是無法死心，該怎麼辦？內心又動搖起來。健吾注視著坐在桌子對面的貴子。貴子向母親展示蜜月旅行的照片，開懷地笑著，感覺到健吾的視線，望向這裡。她的眼神中有著不信任。健吾忽然害怕起女人這種生物，開始覺得女人是令人忌諱的東西。

接下來幾天，貴子都遲遲不肯上床睡覺，顯然是在監視健吾。健吾熄了燈，假裝入睡。他覺得既然如此，那只好長期抗戰了。

某天晚上，將近凌晨一點的時候，貴子終於先睡著了。健吾連忙穿上衣服，果斷地出門去。走出公寓就有一台公共電話。

可能是已經睡了，雅義接電話的聲音很不高興。

「抱歉，這麼晚打去。」

「阿健喔？怎麼了？」

「一直沒辦法打給你……」

「說到這個，是不是該結束了？」

突然聽到雅義這麼說，健吾驚愕無語。

「不好意思，我交女朋友了。」

「上次那個女生嗎？」

「對。所以你不要再打來了。」

「好。」健吾只能這麼回答。

「這個月的錢不用給我了。再見。」

電話一下子就掛斷了。健吾隔著電話亭的玻璃，望著路燈模糊的光。該怎麼辦才好？他困在孤島，船卻突然不來了。以前是雅義不斷地爲他運來新鮮的水和糧食。這些是他存活下去的必需品。

健吾消沉地回到房間，貴子什麼都不知道，就只是睡著。嘴巴微微張著。往後我必須永遠跟這種女人生活下去嗎？

「饒了我吧！」

明明是自己的選擇，健吾卻忍不住輕聲吶喊出來。貴子聽到那聲音，身體微微扭動了一下，但沒有醒來。這種時候偏偏不會醒。健吾粗魯地躺到床上，身體彈跳了一下。他不知道該把這滿腹憤懣往那裡發洩才好，也不知道該把這份悲傷藏到心中何處。

星期天，健吾出門去戶田。賽船場旁邊有划船練習場，雅義提過週末他們隊伍會在那裡練習。有沒有可能看到雅義的身影？也許意外地他不是自己喜歡的類型。要是這樣，就能死了心吧。健吾想著這種愚不可及的事。對貴子謊稱出門工作，也讓他心情沉重。

這天相當炎熱。健吾用手帕抹著汗，走在引進荒川水流的戶田賽船場長長的堤防上。隨著賽船場的喧囂逐漸遠離，開始看見大學生和高中生練習划船的景象。健吾按捺著忍不住想衝過去的衝動。不知不覺間，不只是看而已，他想要設法和雅義說上話。

有一群貌似高中生的約二十人團體，穿著同款的白色T恤和黑色短褲。T恤背部以大大的圖案印刷著附近縣立高中的校名。健吾心胸的悸動加速了。他踩著堤防上的草，走下水邊。划船練習結束後的隊員們正合力把小船拉上岸。

健吾假裝觀看這一幕，豎起了耳朵。

「喂，槳！」

高年級生命令去撿掉到底下的划槳。看到那張臉，健吾無法移開視線了。因爲他想起了雅義的形容。雅義說他崇拜的學長長得跟某個偶像一模一樣。身材魁梧，一頭短髮。臉曬得很黑。像到幾乎可以上電視了。

「你們不要太懶散了！」

高年級生毫不留情地怒吼那些因爲暑熱和劇烈運動而累得像灘爛泥的隊員。那自信十足的態度和動作，印證了雅義的形容。

健吾飛快地掃視周圍。雅義應該就在這裡。這一年來，幾乎天天通電話的雅義。不知不覺間讓他墜入情網的雅義。

「誰去拿水來！」高年級生又吼道。「中田在嗎？誰都可以，快拿水來！要冰水！」

一名少年驚訝地抬頭。健吾看到了那張臉。體型有些矮胖，四四方方，但眼睛細長。他是不是就是「小雅」？健吾的胸口雀躍起來。少年低著頭，默默地進行固定小船的工作。

「哈囉。」

健吾大起膽子開口攀談。少年抬頭看健吾。黝黑的額頭上，豆大的汗珠閃閃發亮。

「你是中田同學吧？」

「不是，中田是她。」

少年伸手指去，手指的方向是沉甸甸地抱著許多裝水的保特瓶、正走下堤防的女經理。一頭稍微染成褐色的長髮紮成辮子，T恤袖子捲了起來。是體型豐滿、隨處可見的平凡女高中生。

健吾搖搖頭：「我不是說女生……」

「可是姓中田的就只有她一個啊。」

「不是，中田是男生。」

這時，那個女經理來到旁邊了。

「你找我有事嗎？」

聲音就像男生一樣低沉沙啞，口氣有些冷漠。因爲太震驚了，健吾說不出話來。

「妳是雅義的姊姊嗎？」

「她沒有弟弟啦。」

還在旁邊的剛才的男生插口說。

女高中生困窘地杵在原地。口渴難耐的隊員們一一搶走她抱在懷裡的保特瓶。雙手忽然空掉的女高中生，用短褲抹了抹被水滴沾濕的手。滿身大汗的男學生們好奇萬分地圍著健吾和女生。健吾煩躁地大喝：

「我有話要跟她說，你們走開！」

可能是被健吾的氣勢嚇到，高中生們立刻作鳥獸散了。女高中生被同伴拋棄，憤憤地咬住下唇。

「我是阿健。妳是小雅吧？」

「嗯。」

「妳以為玩弄大人很好玩嗎？」

健吾用恐嚇的語氣說。「小雅」的舌頭卡在嘴裡，一臉苦澀，就好像含著某種一咬就會苦到心裡的東西。眉毛修得很細，但長相還很童稚。

「對不起。我沒想到會被抓到。」

「妳為什麼要這麼做？」

健吾逼近一步，「小雅」節節後退。白色泡泡襪被泥土弄髒了。健吾是那麼地渴望見到雅義才跑來，沒想到居然是被這樣一個女高中生玩弄在掌心。自己竟推心置腹傾吐一切，讓健吾覺得羞恥到了極點，回想起過去一年，他幾乎要流下眼淚。

「那個，一開始我只是想知道真的男同性戀是怎樣的……」

「就只是普通人啊，不是嗎？」

「小雅」嚴肅地點點頭。

「也就是好奇嗎？」

「還有，覺得逗你很好玩。不過不光是這樣而已，你給我的戀愛指南那些很管用。」

就連這些話，也曾讓自己興奮無比。太可笑了。健吾幾乎無地自容。

「就這麼好玩嗎？」

健吾苦笑。「小雅」沒發現隱藏在其中的怒意，跟著笑了。

就這麼好玩嗎？就這麼好笑嗎？

「我是真心在跟妳傾吐煩惱，妳居然拿它當笑話嗎？」

「我沒有笑……」

語尾幾乎消失聽不見了。健吾啐道：

「妳還拿我的錢。」

「可是，這是彼此彼此吧？你也不是沒有爽到吧？」

爽？健吾覺得快崩潰了，衝上堤防。他受夠女人了。回家向貴子招出一切吧。跟她一刀兩斷。想去哪裡就去哪裡。健吾在太陽的灼烤下，步上河岸邊的路。

蜘蛛網

SPIDER WEB

ジオラマ

鈴鈴鈴，遠遠地傳來蟲鳴聲。

睜眼側耳聆聽，原來是電話鈴聲。不知不覺間打起盹來了。日頭還是一樣高掛。說是打盹，似乎也只有短短十分鐘左右。但洋輔藍色的床罩上已經被口水浸出了一塊小小的漬印。

用指頭抹了抹那裡，慢慢地走出臥室。電話仍響個不停。難得人家在享受靜謐的假日，到底是誰打電話來？乾脆裝作沒聽見算了。我猶豫到最後，還是接起了電話。沒辦法像平常那樣熱情地應聲。

「喂？請問是谷川家嗎？請問百合繪女士在嗎？」

沒聽過的女聲。我遲疑了一下，應道：

「我就是，請問是哪位？」

「我是土井。」女人匆匆報上姓氏。聽起來像土井，也像午井或浦井。但我沒有反問。女人的語氣很親暱，我覺得是新的推銷手法。我沒吭聲，自稱土井的女子便說：

「妳不記得我了嗎？我是妳讀K女高時的同學啊。」

「咦？是嗎？」我試著回想十七年前畢業的高中同學的臉，但不記得土井這個姓氏。「抱歉，我有點想不起來。我們同班嗎？」

「對啊。可是妳不記得我，或許也是難怪。我三年級的時候轉學了。」

我挖掘記憶深壺的期間，土井沉默片刻等待著。但我還是想不起來有姓土井的同學。

「對不起，我實在想不起來。」

「沒關係啦。我只是忽然有點懷念，看名冊打電話而已。」

明明轉學了，她怎麼會有名冊？我覺得有些奇怪。但質問這一點也很怪，因此我沒說話，接著客氣地問：

「會不會是婚後冠夫姓了？請問妳的舊姓是什麼？」

「一樣。我丈夫是入贅的。」

「這樣啊，抱歉問了多餘的事。」

「不會。妳先生在O物產上班對吧？」

「對，妳怎麼知道？」

「我從其他同學那裡聽到很多事。妳也是進了O物產，公司戀愛結婚的對吧？有兩個女兒，大女兒讀小學五年級，小女兒讀三年級。聽說兩個都很聰明伶俐又可愛，眞的好幸福啊。大女兒要考國中對吧？補習班是去哪家？聽說她在學習能力會補習，是眞的嗎？」

「妳怎麼知道這麼多？」

「就說了啊，我聽到很多事。」土井彷彿趕時間似地，語氣匆匆地又問：「那，那家學習能力會怎麼樣？」

原來是來打聽補習班的口碑嗎？

「我女兒好像滿適應的。」

「這樣啊。妳女兒很優秀呢。」

土井羨慕地說。我們家總是會招來別人的羨慕。

「那妳的小孩呢？幾歲？」

「我們家的讀小五。可是我女兒進不去學習能力會吧。那裡好像程度太高了，我女兒自己也說不想去。」

「妳住在哪裡？」

「練馬。上石神井那裡。就在妳家附近對吧？」萬一她說要來拜訪就麻煩了。「唔，還好。」我含糊地回答。「然後啊，我們家一開始是去中進塾補習，妳知道中進塾吧？可是啊，那裡要是從後段班開始讀，要升到前段班就很難了。這是真的。所以小孩也很不願意，哭著說什麼不想一直待在爛班級。她現在是去附近一家類似小私人補習班的地方。可是那裡的話，考題那些的資訊蒐集還是比不上大補習班啊。對了，妳女兒要考哪家國中？S中？還是Y學院？」

話題從補習班轉到私立國中，土井愈說愈起勁。一開始我還慇懃地附和，但漸漸厭煩了，話筒按在耳朵上，臉撇向一旁。結果客廳的白牆映入眼簾，那片單調的景象讓我胸口一緊。那面牆太冷冰冰了。丈夫洋輔爲什麼什麼都不說？我想到可以掛上一幅畫。什麼樣的畫好呢？我想到前些日子在道玄坂的藝廊看到的東歐畫家的版畫。背景是黃色，繪有綠色花紋，是一幅很美的畫。那幅畫很適合。多少錢去了？記得大概九萬左右。土井打斷了我的思路：

「噢，補習班的事先說到這裡好了，欸，谷川妳以前跟誰比較好？」

「我嗎？跟E班的藤原孝子。」

「藤原？我不記得這個人耶。」土井語氣拖沓地說著，就彷彿在擠出回憶。「她改姓了嗎？」

「沒有，她單身，姓都一樣。」

「這樣喔，她長怎樣去了？既然我不記得，一定很不起眼吧。」

感覺土井又要另起話題。

「啊，我小孩回來了。」我假裝說。「不好意思，我得掛了。」

「好，再見。下次再打給妳。」

電話終於掛斷了。我鬆了口氣，找出女高同學會的名冊。名冊就疊在電話簿上。果然找不到土井這個姓氏。我打算下次她再打電話來，就問她以前跟誰比較好。

回到臥室，洋輔的床罩正籠罩在西曬陽光下。我尋找剛才的口水痕跡。

只剩下若有似無的漬印。我考慮要不要拆下來洗，但傍晚洗大件物品實在麻煩，明天再處理好了。我環顧房間。就這樣一路睡到早上也行，也可以不準備晚飯，看書打發時間。一個人的時間多到不曉得該做什麼好。大家都回去洋輔在沼津的老家了。一個星期後，會曬得全身漆黑地回來吧。

我打開收納櫃抽屜。裡面雜亂地塞著內衣褲。咦，什麼時候亂塞成這樣了？我一件件拿出來放在床上，仔細地折好。明明不喜歡雜亂，但一忙起來就變邋遢了嗎？洋輔的抽屜搞不好還比較整齊。我心懷慚愧地開始整理抽屜。

晚上我打開洋輔的文書處理機。放進標籤寫著「創作」的磁碟片，打開文書檔案閱讀。裡面有一篇寫到一半放棄的色情小說，標題是〈她的漩渦〉，我好好享受了一番。一直以為是個一板一眼的丈夫的洋輔居然有這樣的一面，令人驚訝。總覺得可愛起來，今晚我決定睡在洋輔的床上。

隔天早上，我想到要去買掛在牆上的畫。打開衣櫃，發現一件不記得什麼時候買的黃色夏季洋裝。穿上去一看，有點緊，也有點太花。一股氣上來，我狠狠地扯破了洋裝上過緊的袖孔。但我立刻就陷入了憂鬱。難得一個人的休假，我怎麼做出這種事？

但是在道玄坂看到那幅版畫，我立刻心情舒暢了。畫題是〈蜘蛛網〉。以爲是花紋的綠線，原來是蜘蛛網。我回想起小時候迎面撞進一面潮濕的蜘蛛網的往事。大家一起在雨停後的庭院玩耍，卻只有我一個人遇到這種衰事。蜘蛛絲貼附在臉上，濕黏的觸感噁心極了。可是，畫作上帶金的黃色，那深沉的色調極美，賞心悅目。感覺跟家裡的客廳很搭。而且定價九萬五千圓，可以打折算八萬七千圓。

我買了畫，開心地回到家，電話在響。

「喂！」我忍不住聲音雀躍地接聽，結果聽見昨天的聲音：

「午安。遇到什麼好事嗎？聲音很開心喔。」

「我剛回家。」

「咦，這樣啊。可是妳沒在上班吧？」

口氣聽起來像是責備。「對。」我應聲，因爲渴了，拿著無線子機直接前往冰箱，從裡面取出啤酒罐，單手打開拉環，沉醉地暢飲起來。大白天喝啤酒特別美味。

「以前妳跟妳先生一起在O物產上班對吧？我聽說是在祕書室，眞是菁英粉領族呢。好羨慕。果然是當社長祕書那類職位吧？我聽說當那種人的祕書很辛苦，是眞的嗎？像我聽認識的人說，她們社長因爲有糖尿病，她還要幫忙計算熱量呢。而且是三餐全部。妳也要做這種事嗎？就是因爲受不了，才會結婚走進家庭嗎？」

土井滔滔不絕地說話的期間，我早早就放棄附和，喝光半罐啤酒了。剛買回來的畫包裝也沒拆，靠放在邊櫃上。我想快點看看和客廳配不配，土井卻不停地說些蠢話。我開始煩躁起來。

「欸，妳到底是哪位？我在名冊上沒找到妳的名字，也不記得有妳這個人。不好意思，可是妳到底是誰？」

「就土井則子啊。也難怪妳不記得我，可是我們以前是同學啊。」

土井生氣地說。從那語氣，彷彿可以看見她憤慨的樣子。

「我怎麼樣都想不起妳這個人啊。妳以前跟誰比較好？是誰告訴妳我這麼多事的？我也會問問那個人妳的事，告訴我妳跟誰比較好。」

「就中條啊。」

這個姓氏一樣沒印象。我不知如何是好，啞然無語，土井反擊說：

「妳不知道中條喜美子嗎？這太奇怪了。中條是F班，跟妳同班啊。妳才是，妳到底是誰？」

「妳在胡說些什麼？」

土井沒有把我的話聽到最後，電話突然掛斷了。土井好像顯然動怒了。即將掛斷前一秒，話筒另一頭似乎傳來「白痴！」的罵聲，我呆了好半晌。這種氣人的事，眞的上班遇到就夠了。

我喝光啤酒，總算重新打起精神，拆開畫作的包裝，擺到牆壁前面，結果發現忘記買掛勾了。明明跟客廳這麼配，卻沒辦法立刻掛上去。我氣惱地咬著指甲看那幅畫。

太陽西下，房間急速暗了下來。畫裡的蜘蛛網浮現在黑暗中，晶亮閃爍。土井到底是誰？中條又是誰？蜘蛛網貼在臉上的濕黏觸感。我無法忍受，用雙手抹了抹臉，打電話到沼津。

「喂？」清澈的女聲接聽。「哪位？」

「是我。」

「咦，怎麼了？還好嗎？盆栽不好意思麻煩妳照顧了。」

「欸，不管那個，我們那一屆的F班，有叫土井的人嗎？」

「怎麼了？沒頭沒腦的。」她笑了。「這麼說來，剛升三年級的時候，好像有個姓土井的同學轉學去大阪了。」

「有嗎？」

「倒是，妳怎麼突然問這個？」

百合繪開心地笑出聲來。電話另一頭傳來熱鬧的喧嚷聲，彷彿可以感受到那充實的夏季夜晚。幸福、無憂無慮的女人百合繪。我回頭眺望畫作。在黑暗中發亮的蜘蛛網。我怎麼會買來這種畫？明明只是受託替她們不在家的時候幫盆栽澆水而已，怎麼會被氣成這樣？我老是這樣。

「我變成妳的替身了。」

「討厭啦，孝子，完全不懂妳在講什麼耶。」

百合繪發出明亮的笑聲，讓人聯想到畫中黃色的背景。

關於井戸川先生這個人

REGARDING MR.IDOGAWA

ジオラマ

我這輩子活了二十四年，從來沒有像今天這樣震驚過。因爲井戶川先生居然死掉了。而且是上星期六晚上，也就是才剛離開這個空手道場就死了，教人茫然。因爲我完全不曉得這件事，星期天刷了浴室，從星期一開始在尖峰時段的電車裡人擠人天天去公司上班，中午吃牛丼、漢堡或青蔥蕎麥麵，在屋頂練習空手道，爲星期六的空手道課做準備。這一切都是爲了讓井戶川先生指導我。聽到井戶川先生稱讚：「噢！有進步喔！」是我無比的歡喜。

想到這些，我突然悲從中來。因爲我醒悟到再也見不到井戶川先生這個單純的事實。我打從心底尊敬井戶川先生。他四十四歲，是一家電腦軟體公司的老闆，冷靜又穩重。話不多，長得帥，頭腦聰明，空手道初段，是男人中的男人，大人中的大人。總之是個超帥超棒的人，是我嚮往總有一天要變成那樣的男人之一。

「吉田教練，井戶川先生怎麼會過世呢？」

我忍不住打破全員默禱後陰鬱的沉默，這麼問教練。幾乎都是上班族的其他同學鬆了一口氣看向我。因爲大家都迫不及待想知道答案。

「呃，這個啊……」空手道很厲害，聲音卻很高亢的吉田二段教練歪著粗壯的脖子說。「好像不是很清楚呢。聽說是從隅田川上的橋掉下去的，是溺死。」

「是意外嗎？」

「哦，這也不清楚的樣子。」

「那是自殺嗎？」

我覺得心臟快停止了。因爲那天我們就和平常一樣進行了練習。不，不僅如此，井戶川先生心情很好。因爲讓他煩惱了半年的光碟書企劃，終於成功和大型出版社簽約了，他非常開心。「下星期就要簽約了，綾部。到時候咱們一起去喝酒慶祝，痛快地喝一場吧！」井戶川先生笑道，我也非常期待。這樣的人有可能會想不開去自殺嗎？

「不不不，別急著下結論。好像想不到可以斷定是自殺的原因，也沒找到遺書。只是說，雖然他掉進河裡，但外套留在橋上。」

「咦，這很奇怪呢。」

站在眾人中央參加默禱的這間空手道道場的老闆，松陰流師範大塚老師也驚訝地說。接下來便陸續傳出各種聲音：

「教人不敢相信。」

「身手那麼好的人怎麼會……」

「他絕對不可能自殺。」

其中也有女學員開始放聲大哭。是主婦綠女士。這也難怪，因爲她非常景仰井戶川先生。我們也因爲強烈的悲傷，緊握著拳頭，杵立在原地。井戶川先生居然死得那樣不明不白，實在教人無法想像。

「葬禮已經結束了嗎？好想去給他上炷香。」

道場裡最資深的學員，銀行員手島先生說。他對婚喪喜慶向來特別起勁。「我也是。」「我也想。」許多人附和。但吉田二段安撫制止說：

「井戶川先生一個人獨居，我聽說葬禮已經在他群馬縣的老家辦完了。這邊應該不會有儀式吧。」

包括我在內的幾個人「咦」了一聲，一陣隱密的動搖掠過全場。因爲我記得井戶川先生說過他是跟太太兩個人住。

「咦？井戶川先生不是說他結婚了嗎？」年紀不小，人卻頗輕浮的手島先生錯愕地說。許多人點頭應和：「對啊。」吉田教練困惑地聳了聳肩，綠女士啜泣起來，低垂著頭。這下別說練習了，根本就成了井戶川先生的追悼會。不過由此可見，井戶川先生在這家道場的週六班，是多麼地受到眾人尊敬和喜愛。

「可是，」手島先生看我說。「不會這樣就結束了吧？綾部，你說是吧？」

「對啊，總覺得不清不楚的。」

我附和說。事實上，我內心正想著我不會就此善罷甘休。因爲這還用說嗎？井戶川先生是大家重要的夥伴。居然某天就突然從這個世界消失，沒有這個道理。再說，那麼帥氣的人，不可能會死得連是自殺，還是意外都不清楚。

「會不會是有人把他推下去的？」手島先生喃喃道。「井戶川先生人那麼好，如果在橋上看到有人遇到困難，一定會挺身相救。一定是出了什麼事。大家說對吧？」

「沒錯！」綠女士大叫，她的道服前襟都被淚水沾濕了。「井戶川先生眞的是個好人，我、我……」她說不出話來了。

「綠阿姨，不要哭！」

女大學生跑過去安慰，緊接著兩個人抱在一起痛哭失聲。眾人也都垂頭喪氣，結果這天晚上的練習取消了。

「綾部，要不要一起去喝一杯？」

在手島先生邀約下，我和綠女士跟他一起去了道場旁邊的「村來」。一脫下道服，平日的生活風格就顯露出來了。在都市銀行上班的手島先生週六休假，因此穿的是高爾夫球衫。綠女士穿著有貴賓狗刺繡圖案的紅色毛衣，底下是褪色的彈性牛仔褲。兩人都變身爲路上隨處可見的大叔大嬸。

「公司沒辦葬禮，這很奇怪呢。我不曉得年營業額多少，可是井戶川先生是社長吧？既然是社長，公司應該要辦公祭才對啊。」

手島先生面紅耳赤地主張說。我點點頭：

「就是啊，這樣井戶川先生太可憐了。他那麼投入工作。」

「唉，」手島先生嘆了口氣。「男人的末路眞是可悲。」

「還有，原來井戶川先生沒有太太，我都不知道。」我說。

「咦，井戶川先生確實沒有結婚啊。」綠女士嬌滴滴地說。「我跟你們說，井戶川先生離過一次婚，現在的太太，其實沒有登記喔。所以正確地說，並不算井戶川先生的太太。」

手島先生轉向綠女士，就像第一次看到她這個人。這個事實讓我大吃一驚，但綠女士對井戶川先生的私生活瞭若指掌這件事，更讓我震驚。

「綠女士，妳眞清楚。」

「是啊，井戶川先生都會告訴我很多事。」綠女士眼中噙著淚，仰頭灌起烏龍茶兌燒酎。「他跟第一任太太之間有孩子。是兒子，歲數跟你差不多。井戶川先生跟我埋怨說，兒子去北海道念大學，所以很少見面。所以井戶川先生才會那麼疼你啊，綾部先生！」

我完全不知情。原來那個總是慈祥地微笑的井戶川先生，居然是懷著那樣的心情看待我嗎？

「這樣啊，原來是這樣啊……」手島先生百感交集地淚濕了眼眶。「他一定很想見兒子一面吧。見不到自己的兒子，對男人來說是最難熬的。」

「那，跟他一起住的女人怎麼了呢？」

「噢，聽說跑了。在外頭有了男人。」

「咦！」我們兩個男人驚呼起來。

「是眞的。井戶川先生跑來跟我訴苦，用他一貫的表情說：『綠姊，我眞是不曉得該怎麼辦才好了。我老婆跟人跑了。』」

我低下了頭。不是因爲想到井戶川先生的家庭不美滿，而是想到他有可能是因爲遇到這些挫折，失意自殺。看來我完全沒有看出井戶川先生是個怎樣的人。然而手島先生卻突然露出沒勁的表情，喝光燒酎沙瓦，換了副態度驀地站起來。我問他：

「啊，手島先生，上香的事怎麼辦？」

「我明天要陪客戶打高爾夫球，沒辦法抽身。綾部，這就麻煩你了。喏，你打電話去他的公司問問看，是不是會辦公祭還是告別式。好好去上香道別，我們內心也才有個著落。」

我不知道這跟星期天要陪客戶打高爾夫球有什麼關係，但我乖乖地應說「好的」。綠女士的嘴巴又蠢蠢欲動起來，似乎還沒有說夠。

星期一我一到公司，立刻打電話到井戶川先生給我的名片上的號碼。

「您好，神腦行星公司。」

電話彼端傳來熟悉的女員工不悅的聲音。和平常完全一樣，感覺只要我說「我找井戶川先生」，立刻就能聽到他豪邁的聲音：「噢，綾部嗎？你在哪？一起去吃午飯吧！」

我用手指抹去滲出眼眶的淚水。老實說，整個星期天我都在傷心落淚。說來丟臉，但自從小學的時候養的天竺鼠死掉以後，我就再也沒有哭得這麼慘過。

「請問，我聽說井戶川先生過世了，公司不幫他辦葬禮嗎？」

「喔……請等一下。」

女員工似乎不知道該如何回答，按下保留鍵，傳來「勇者萊汀」的曲子。是井戶川先生說他喜歡這部作品，特地把它設爲保留鈴聲的音樂。

「您好。」換成一名口才便給的男子接聽。「關於井戶川的葬禮，由於家人希望只辦家祭，因此公司並沒有規劃。」

「這樣啊。因爲突然聽到消息，想說至少去上個香……」

「不不不，心意到就好。」男子匆忙地說，一聽就知道想快點掛電話。

我忍不住這麼說：

「井戶川先生不是你們公司的老闆嗎？」

因爲井戶川先生說過，那是他一手創立的公司。再說，不管怎麼樣，社長才剛過世一星期，員工那種態度也未免太不尊重了。這要是道場，一定會被認定爲「超無禮者」，往後五十年都不會有人跟他說話。事實上在我們公司，聽說上代社長過世的時候，甚至有人在七七以前都不去喝酒唱卡拉O

K，甚至把婚禮延期。雖然我們公司是五金公司，所以作風老派，但人的生死，就是如此重大嚴肅的事啊。

「他以前是社長沒錯啦。抱歉，我要掛了。」男子掛了電話。

可惡，搞什麼啊？我低聲咒罵。「咦？怎麼了？」隔壁座位的同期女同事錯愕地看我，但我沒空理她。我完全氣到了。家庭不和、公司裡的摩擦，搞不好是這些種種失意，逼得井戶川先生一時衝動輕生了。也許井戶川先生早已發出尋短的訊號，我卻完全沒有發現，還悠哉地在那裡笨手笨腳跟他對打練習。自己的遲鈍讓我感到戰慄。好，我一定要查出井戶川先生的死亡原因。神腦行星公司的地址在文京區茗荷谷。我們公司在新宿，所以有點遠，但幸好我是業務。我留下一句「我去拜訪客戶」，離開公司。

我拱著肩膀走進神腦行星公司。我猜想社長猝逝，公司一定亂成一團，因此感到有些抱歉，沒想到辦公室裡一片寂靜，七、八名員工都對著螢幕打電腦。室內只聽見喀噠喀噠的鍵盤敲打聲。

「不好意思。」

「請問有什麼事？」

坐在門口附近的年輕女員工一副「眞沒辦法」的態度，老大不情願地離開座位走過來。聽那聲音，似乎是平時接聽電話的女員工。我以爲是個更老的女人，沒想到年紀跟我差不多，臉上脂粉不施，衣著休閒廉價，彷彿在主張「我全身上下都穿 Eddie Bauer 喔」。

「我是剛才打電話的人，因爲井戶川先生過世，我想請教一些問題。因爲我跟井戶川先生是好朋友。」

我支支吾吾地這麼說，女員工嚇了一跳似地回頭看後面。她的視線前方，一名理了凶悍五分頭的男子正瞪著這裡。

「什麼？」男子過來應付我。似乎是剛才掛我電話的沒禮貌傢伙。「你是井戶川的朋友嗎？」

「沒錯。」

「什麼朋友？」

「我們一起練空手道。」我連忙從懷裡掏出名片。「這是我的名片。」

「咦，井戶川先生有在練空手道？我都不知道。」男子對鼓著腮幫子站在旁邊的女員工說。她只「喔……」了一聲，回去自己的座位了。我可憐的名片被丟在櫃台沒人理睬。

「那，你想問什麼？」

「請問，也就是，我聽說這裡是井戶川先生的公司，所以想知道公司不會替他辦葬禮嗎？像是告別式還是公祭那些。還有，我也想瞭解他過世時的狀況。」

我說到這裡，男子突然打斷我：「我說過，那已經是以前的事了。其實井戶川先生背了一屁股債，還不出來。所以經營權轉讓到我們手中，現在我是老闆。井戶川先生當然也有來上班，但他在這裡是以業務身分從基層做起，所以早已經不是社長了。我實在不想對死人說三道四，不過這陣子他也不曉得是來公司做什麼的。」

「可是，他說拿到光碟書的合約什麼的……」

「他在說夢話啦。」

我知道自己的表情震驚得扭曲了。

「原來是這樣嗎？那，可以請你告訴我井戶川先生家的住址嗎？」

自稱新老闆的男子聽到這話，一副「總算可以擺脫糾纏了」的態度，立刻從我前面離開，換成剛才的女員工帶著便條本過來了。她用拙劣得可怕的字寫下「中野區上高田3丁目4番地富士見公寓」撕給我。我道謝說「謝謝」，她悄聲細語：「我晚點打給你。」

咦？我正欲反問，她又擺出一張臭臉回去座位了。

到底是怎麼回事？既然如此，我可要丟下工作了，井戶川先生的事，我非查個水落石出不可。我立下決心，乘上地鐵，打算去他住的地方看看。或許會有親戚之類的人在那裡。

我一下就找到「富士見公寓」了。公寓整體泛黑，看上去是一棟屋齡超過二十年的老房子。我按下井戶川先生住的那一戶門鈴。

「來了，我等好久了！」房門猛地打開，一個女人探頭出來，把我嚇了一跳。「怎麼這麼慢！」

是把我跟別人搞錯了。我連忙揮手：

「妳弄錯了。敝姓綾部。」

「咦？不是搬家公司的？」

女子雙手扠腰，顯然大失所望。年紀比我大個十歲左右，但一頭長髮染成褐色，打扮很年輕，風韻猶存。但她怎麼會穿著鮮紅色的洋裝？

「請問是太太嗎？」我提心吊膽地問。「要是我弄錯人了，先向妳道個歉。」

「沒錯，我是井戶川的妻子。」

「敝姓綾部，是井戶川先生在空手道場的同學，他很照顧我。那個，井戶川先生過世的消息真的很遺憾，我真不曉得該說什麼才好……」

我叨叨絮絮地說著，但她的回答讓我大吃一驚：

「哪裡，他走了真是大快人心。」

「這麼說來……」我說到一半支吾起來。

「你是不是聽說我從井戶川身邊跑掉了？」

我逼不得已點點頭。因爲我不知道該說什麼才好。綠女士透露的消息「太太跟外頭的男人跑了」震撼性十足。我這種過著小市民生活的人，完全無法想像跟那麼猛的女人一起生活。當時我聽著綠女士的話，雖然難過，卻又怦然心動，或者說雖然很窘，卻又不禁嚮往。

「怎麼說，這表示那個人很有異性緣，所以我覺得很戲劇性，很帥氣。因爲我這輩子應該都不會有這樣的經驗。」

「你在說什麼啊。」太太笑了。「什麼我在外頭有男人，那都胡說八道啦。我是受夠了那個人才會跑掉的。」

「是這樣嗎？」

「對啊，我再也忍無可忍了。」

她厭煩地環顧房間。室內已經沒有家具，堆滿了紙箱，讓人無法相信這一戶的主人短短九天前才剛過世。注意到我的視線，太太說：

「動作超快的對吧？我一聽說他死了，就興高采烈地衝回來了。」

「看來是呢。」

「你知道他的綽號叫什麼嗎？」

「不知道。」

我無法想像井戶川先生會有綽號。因爲不管遇到任何事，井戶川先生總是處變不驚，冷靜又帥氣。

「他的綽號叫『我也要先生』。」

「『我也要先生』？」

「沒錯。他開口閉口就是我也要去，我也要去。不管我去哪裡，他都一定要跟。」

「呃……這表示他這麼愛妳吧。」

「才不是。他是一天二十四小時，不追著女人跑就不甘心。可是也不是說他有多愛我。就算不愛，他就是想要有個女人讓他追著跑。他就是這種人。」

我不是很能理解。結果太太「呵呵」一笑：

「所以我眞的快要窒息了，逃出家裡。結果他拚了老命追上來。已經不是『我也要』的程度，根本是厲鬼了。我爸住在所澤，他一整天就監視著那裡。知道我沒有去那裡，就軟硬兼施，硬是從老人家那裡逼問出女兒去了哪裡。當然，我爸抵死不說，結果他居然對我提告。你敢相信嗎？他告我不履行各種義務。教人傻眼的是，他甚至把他事業失敗背的債一半推到我頭上來。那金額多達兩億圓耶。我甚至沒跟他登記結婚耶。沒錯，我知道，他就是要騷擾我。這樣我就會接到法院命令，非去報到不可不是嗎？這樣他就可以見到我了。可是，還沒走到這一步就失敗了。因爲他雇律師什麼的，打官司花太多錢了。活該！」

「原來是這樣嗎？」

「沒錯。」她「吁」地嘆了一口氣。「你一定不曉得他的這一面。他很會做表面工夫。」

「表面工夫，我想人人都會做。」

「他那人特別厲害！」

「喔……」我看看房間裡面。沒看到祭壇或佛壇。「我本來是想來上炷香的……」

「抱歉，這裡什麼都沒有。我是聽到律師通知他死掉的消息，連忙回來收東西而已。」

我搔了搔頭。因爲我完全沒料想到這樣的發展。

「你很失望？」

「沒有。」

「抱歉喔。」太太明朗地說，以年輕的嗓音回應門鈴聲：「來了！門沒鎖！」

我和太太相反，懷著陰沉到家的心情回到了公司。井戶川先生自殺的機率是百分之九十九。啊，可憐的井戶川先生。公司遭人侵占，背了一屁股債，太太還跑了。他一定很寂寞。可是爲什麼他不肯向我傾吐煩惱？一定是因爲我太年輕了，覺得我不可靠吧。沒錯，一定就是這樣。我做出了結論。井戶川先生有許多無法告訴我的煩惱。所以他才會自殺。但我就是不太願意把這件事告訴手島先生。

看看腕錶，已經快五點了。隨便寫份業務報告交差，馬上就能回家了。今天的我毫無幹勁。正當我絞盡腦汁編造我去拜訪了哪個客戶時，「電話。」隔壁座位的女同事用力推了我一下。「你的電話啦。」

拿起話筒，傳來不悅的女聲：

「我啦，『神腦行星』那個女生。」

「啊，我知道。」

是平常接電話的那個女生。因爲我完全沒料到她眞的會打電話來，覺得有點恐怖。

「我有事跟你說，方便碰個面嗎？」

「好啊。」現在是什麼狀況？我納悶極了。

我們約在銀座的麥當勞碰面。我住在國分寺，因此等於是跑到比公司還遠的地方，但她說她住千葉，所以想約在銀座，沒辦法。時間差不多快到約好的六點半了。我吃著多汁雙層漢堡套餐，有些擔心萬一黑胡椒卡在牙縫就糗了。

「咦，你在這種地方吃晚飯？」

她從後方拍了我的肩膀，輕蔑地笑著。不就是妳指定這裡的嗎？我一陣惱怒。她肩上搭著處處泛黑的灰色背包，蹬著笨重的靴子。那身穿著就像是美國校園裡不重視打扮的女學生——這當然是比較好聽的形容啦。我向她寒暄：

「妳好。」

「好個頭。你是不是在到處打聽各種事？爲什麼？」

她一坐下來，劈頭就問。

「也沒有爲什麼……」

我告訴她，井戶川先生在空手道場受到大家的尊敬。還有我非常仰慕他，所以希望能向他道別。

「是喔？」她滋滋吸著奶昔。「你這話我可以相信嗎？」

「什麼意思？」

「因爲你突然跑來說想知道井戸川先生死掉的詳情，我奇怪你到底是什麼人。」

「怎麼會！」我目瞪口呆。「妳也知道我常常打電話去找井戸川先生吧？我當然是他朋友啊。」

「有嗎？」她更大聲地吸著奶昔看我。「我不記得別人的聲音。」

「不管這個，爲什麼我不能打聽井戸川先生的死亡狀況？」

「其實你根本知道吧？」

「我不知道啊，妳在說什麼啊！」

我不耐煩起來，完全不懂眼前這個女人到底想說什麼。

「那你是怎麼想的？你應該也有點想法吧？」

「應該是自殺吧。」

我壓低了聲音說。自殺。多刺耳的字眼啊。

「絕對不是。」她一口否定，眉心緊緊地糾結在一起。她的眉毛不是時下年輕女孩修成的那種細眉，而是又粗又直的天然眉毛。

「什麼意思？不要賣關子了。」

「也就是說，井戶川先生絕對不可能自殺。」

「爲什麼？他的公司不是被搶走了嗎？」

「不是這樣的，是井戶川先生做事散漫，工作能力又差。」

「他離過一次婚，見不到自己的小孩，現在的太太又跑了。」

「前任太太好像是他連孩子一起拋棄的。現在的太太則是相反，是受夠他跑掉了。」

「我不曉得誰對誰錯，但井戶川先生實在很慘啊。他很不幸啊。」

「不幸？別說笑了！他啊，死前正沉浸在愛河裡呢。」

她得意洋洋地說。我整個人呆了。綠女士也好，這個女人也好，爲什麼這種關鍵事實，就只有女人才知道？我眞是覺得匪夷所思極了。

「沉浸在愛河？可是他不是四十四歲了嗎？」

「戀愛跟年紀又無關。」

從井戶川先生酷帥又冷硬派的形象，我完全無法想像。在我們的空手道週六班，不只是綠女士，聽說有數不清的女學員爲井戶川先生痴迷。但我聽說井戶川先生沒有回應任何人的愛慕。甚至私下有傳聞說，綠女士曾對他哭求：『求求你，一次就好，跟我溫存吧！』

「你一定奇怪我怎麼會知道吧？因爲大概三個禮拜前，井戶川先生埋伏了我。」

「意思是他愛上了妳？」

「不是啦，不要亂講。我嚇了一跳，問他：『你有什麼事？』他就說：『我記得妳是B型對吧？告訴我，B型的年輕女人都在想什麼？有什麼行動模式？我怎麼也搞不定，已經束手無策了。』」

「怎麼可能！」我因爲太驚訝了，不小心把剩下的漢堡掉在地上了。

「那豈不是跟我們是同一個水準嗎？」

「是眞的，我沒有騙你。」她噘起嘴唇說。

「我不相信。他絕對不是這樣的人，妳不要隨便亂說。」

「好啊，隨便你愛怎麼想。」她生氣地站起來。「告辭！」

「等一下。」我叫住她，這才發現我不知道她的名字。「對了，妳叫什麼？」

「我叫什麼無所謂吧？反正我們不會再見面了。」

「抱歉，是我不對。我是眞心仰慕井戶川先生，說來丟臉，但昨天我還哭到睡不著覺呢。」

她傻眼地俯視我，接著就像在說「眞拿你沒辦法」似地，臭著臉回到座位上。

「那就好。我本來以爲你是他追的女人那邊的人。」

「怎麼會？」

「我覺得井戶川先生是被女方殺掉的。所以才會猜想你是不是想要不著痕跡地探聽。」

「被殺？」我不小心拉大了嗓門。「他喜歡那個女人，那個女人怎麼會殺他？」

「因爲他實在太死纏爛打了。」

她掏出香菸，一臉冷酷地呑雲吐霧起來。隔壁座位的粉領族露骨地皺眉頭，她卻正大光明。

「如果不是女人那邊的人，就是對井戶川先生的死因感到懷疑的偵探。」

這女人白痴嗎？我傻眼地看著她的粗眉，嘴巴可能也呆呆地張開了。

我們朝東京車站走去。是她提議的。我要搭京葉線，你要搭中央線，所以走到東京車站就扯平了，她說。我不懂要扯平什麼東西，但乖乖地聽從她的話。

「妳知道井戶川先生在追的女人是個怎樣的人嗎？」

「不知道，只知道很年輕，血型是B型。」

「妳怎麼回答他？」

「我說Ｂ型沒什麼特定的行動模式。」

「就是呢。可是，他眞的會說那麼幼稚的話嗎？」

我難以置信。

「他就說了啊。井戶川先生這個人好像一戀愛就會變得瘋瘋顚顚。對方愈是跑，他就愈瘋狂。」

「那，那個女人也跑掉了？」

「沒錯，我想是跑了。因爲對年輕女人來說，一個四十四歲的大叔殺紅了眼追求自己，不是很恐怖嗎？」

「結果讓他更加瘋狂嗎？」

我回想起剛才聽到的太太的話。「我也是先生」這個綽號。想要永遠追著女人跑。但女人一跑，他就會化身厲鬼。

「那，井戶川先生會不會是被那個女人甩了，衝動之下自殺了？」

我停步等紅燈說。她嘿嘿一笑：

「井戸川先生才沒那麼純情呢。要是被甩，他只會追得更凶。所以陰魂不散，怎麼都甩不掉。」

「我不曉得他是這麼難搞的人。」

我嘆了一口氣。井戸川先生，原來我一直誤會你了。我應該什麼都不要知道，只爲你流淚就好。

「應該只有女人知道。他的那一面，男人是不會發現的。」

她突然說了老成的話。

「欸，難道妳也被他追過？」

「有啊。」她沒什麼地說。「他只要看到年輕又對他沒興趣的女人，每一個都想追。超可怕的。早上一到公司，他就眼睛閃閃發亮地在等我，說『我一整晚沒睡，一直在等妳』。我得小心盡量不跟他獨處，要不然可能會被推倒。」

我停下腳步。因爲我覺得她在撒謊。但是在等紅燈的時候，她用中年人那種莫名正經的表情抽著菸，然後直盯著我的臉說：「是眞的。」

「那，妳是怎麼擺脫他的？」

「很簡單啊。簡而言之，只要女人主動投懷送抱，他就會一下子冷掉，就像鬼迷心竅突然醒過來一樣。我之所以知道這一招，是學姊告訴我的。那時候我眞的煩惱到是不是該辭掉工作，結果學姊跑來跟我說：『妳被井戶川先生纏上了對吧？』我說沒錯，她就建議我說：『妳要假裝愛上他，反過來追求他，這樣就能擺脫他了。』所以有一天我就跑到井戶川先生住的地方前面等，說『井戶川先生，我也愛上你了』。結果他就用一種看到全世界最噁心的東西的眼神看我。然後問題就解決了。所以只要反過來追求他就行了。」

「那，會不會井戶川先生是被那個女人追求了？所以才自殺了。」

「天哪，你不要再美化他了！」她大喊。「絕對不可能。如果他被女人追求，只會再轉頭尋找下一個目標。再說，一般來說，女人不會發現這麼單純的道理，只會千方百計躲他。他眞的很可怕，又很噁心。如果在橋上被他那樣逼迫，那個女生一定會伸手一推，把他推走。」

「好，那我要找出那個女生。」我說。

「或者是，他是被喜歡那個女生的男人殺掉了。」她自信十足地說。

「也是有這個可能。」就我來說，這種死因還比較能夠接受。「好，我會盡量查查看。」

「這樣比較好。」她說。「我叫小尋。如果需要幫忙，再跟我說。」

這下我知道小尋的名字了，但那個被井戶川先生追求的女生的名字，不是那麼容易知道的。線索只有她很年輕，血型B型。我覺得這是大海撈針。

「搞不好是工作上認識的。」小尋喃喃道，雙手插進鬆垮垮的棉褲口袋裡。「他最近都沒在工作。」

「啊！」我喊出聲來。「搞不好……」

「什麼？怎麼了？」小尋停下腳步。

「那天井戶川先生心情很好，提到光碟書合約的事。會不會是那個出版社的人？井戶川先生是不是約好要跟對方碰面？」

「那是S出版社。可是負責人應該是男的。」

「妳這傻子，絕對是個年輕漂亮的小姐啦。」

在我內心的想像中，被井戶川先生追求的女生已經變成了一個美女。

「那，一定是櫃台小姐！」小尋看我。

「妳是B型嗎？」如果到處向櫃台小姐這樣打聽，一定會被當成變態。

我正在煩惱該怎麼做，隔天下午小尋打電話來了。

「喂，綾部，跟你說，我到處打電話問認識的人，問到有個櫃台小姐從上個星期就一直請假。」

「就是她！絕對錯不了。」

「嗯。她好像這星期開始回來上班，但聽說無精打采的，整個人很憔悴。」

「絕對就是她。她叫什麼？」

「杉山京子。」

「妳眞厲害。」

「廢話。接下來換你表現了。」小尋說完，掛了電話。

就算叫我表現……我煩惱著，前往S出版社。這家出版社的漫畫雜誌非常暢銷，相當知名，公司大樓也光鮮亮麗。櫃台就在進門處的正中央，三個美得就像模特兒的櫃台小姐，各別穿著粉紅色、黃色及薄荷綠的套裝坐在那裡。

「請問杉山京子小姐在嗎？」

我鼓起勇氣問，坐在最角落的黃色套裝女子轉向我：

「我就是杉山。」

聲音悅耳，長相楚楚可憐。我說出來這裡的路上練習了好幾次的說詞：

「那個，我是井戶川先生的朋友，方便跟妳談一下嗎？」

三名櫃台小姐驟然變色，彷彿藍天驀地罩上了漆黑的烏雲。一人迅速使眼色，我還來不及驚覺，手臂就被體格健壯的警衛抓住了。

「你做什麼！」

「請到這邊來。」我被帶到後門的警衛室。「很抱歉，這裡不歡迎你。」

我一頭霧水：「井戶川先生做了什麼嗎？他已經死了。」

警衛似乎嚇了一跳，整個人僵住：「咦？他死掉了？怎麼會？」

「他掉進隅田川溺死了。」

「是喔？」警衛交抱起手臂。「眞令人吃驚。這樣啊。」

「井戶川先生做了什麼嗎？請告訴我。」

「他是個頭痛人物。他對我們公司的櫃台小姐一見鍾情，表達愛意也就罷了，但不管人家怎麼拒絕，他都守在公司前面，等上好幾個小時。女生都不願意了，還一直跟蹤人家。那個小姐拚命想擺脫他，應該是怕了吧，跑來請我報警，沒多久就鬧到全公司上下都知道了。那個人的言行舉止很危險，所以我們正在跟上頭的人討論是不是還是該報警比較好。這樣啊，他過世啦。才在奇怪這陣子都沒看到他呢，原來是這樣啊。」

就和小尋說的一樣。那個井戶川先生居然是個危險人物。和不久前聽到井戶川先生的死訊時所感受到的另一種衝擊壓垮了我。我是那麼地尊敬井戶川先生，還希望自己能成爲像他那樣的人，然而他居然是別人眼中的頭痛人物。

見我垮下肩膀，警衛再次喃喃相同的話：

「這樣啊，他過世啦。眞難以相信。」

我從後門離開，進入電話亭。因爲我想向小尋報告一下狀況。但我沒能和杉山京子親自說上話。一想到小尋一定會嚴厲追問我怎麼辦事不力，就覺得心虛。雖然掏出了電話卡，但我又回頭望向S出版社，思忖該怎麼辦，結果發現有人站在那裡。

「杉山小姐！」

穿著黃色套裝的杉山京子居然像個背後靈似地站在我的正後方。

「不好意思耽擱妳的時間。」

進入咖啡廳後，我全身飆汗，毛毛躁躁地拿濕毛巾抹汗。如果那時候打電話給小尋，內容都會被她聽見吧。但杉山京子低垂著頭，文靜地回應：

「沒關係。」

「那個，我……」

「你想知道井戶川先生爲什麼會死掉，對吧？」

「沒錯。」

「我也不曉得怎麼會演變成這樣。我不知不覺間被井戶川先生的瘋狂影響，連自己都變得有些歇斯底里，發現的時候，井戶川先生已經過世了。」

我偷偷觀察杉山京子蒼白的臉。剝殼白煮蛋般光滑白皙的肌膚上，是女兒節娃娃般高雅的五官。搽著鮮紅色口紅，穿著黃色套裝的那模樣，讓人聯想到京都的老字號和菓子糕點。美歸美，但我比較喜歡小尋那種型。

「不是我害的。不，我也有責任。可是怎麼說，那不是我的錯。」

「請冷靜下來。」

我說了彷彿小說裡的台詞。面對杉山京子，就無可避免會裝模作樣起來。

「是，對不起。井戶川先生光臨我們公司，應該是一個月以前的事了。

他說要找企畫室，討論光碟製作的事。但室長很忙，一直沒有現身，所以他在櫃台等了一陣子。當時我倒茶給他，他直盯著我看，說：『啊，我找到我的眞命天女了。』」

「這是常有的事嗎？」

「呃……也不能說沒有。出版社有形形色色的人進出，其中也有一些讀了出版品而來的偏執書迷……」

坦白說，她彬彬有禮的敬語讓我聽得有些煩躁。沒必要連稱呼偏執的書迷都用敬語吧？

「那，那時候妳怎麼反應？」

我嚥了口口水。從她的應對，可以看出她是如何成爲井戸川先生的目標的。

「是，我什麼都沒有說，裝作沒有聽見。」

哎呀——我心想。就是這一步錯了。

「結果他開始變本加厲，對吧？」

「是的。隔天他也來了。但企畫室那邊說他沒有預約，沒有人下來，所以我又端茶給他。當時我向他致歉，他就說：『沒關係，我是來見妳的。』因此我明確地告訴他：『您這樣的行爲讓我很爲難，請不要再這樣了。』結果隔天他又來了。這次我拜託同事替他端茶，結果他甚至跑到我的座位來，看著我的臉說：『我會天天來，直到妳端茶給我。』」

「那妳怎麼做？」

「我低頭假裝沒聽見。結果下班回家時，我看到他在後門等，我就改走地下停車場，偷偷離開了。」

接下來就宛如煞車失靈的自行車一路衝下坡道般，井戶川先生的行爲一天比一天過火。換句話說，井戶川先生沒有一天不出現。杉山京子終於應付不了，向警衛求助，演變成只要井戶川先生一上門，警衛就把他攆出去的狀況。

「我想問的是，呃，上上個星期六，妳是不是見到了井戶川先生？至於爲什麼我會這麼問，是因爲那天我在空手道課堂上見到他。那時候他非常開心，所以我猜他是有約會。」

「不，那才不是什麼約會！光想就教人毛骨悚然！」杉山京子蹙起那雙完美無缺的眉毛。「每個星期六晚上，我都會去河邊的那座高爾夫球場學打球。井戶川先生似乎查到了這件事，我練習結束一出來，他就站在車子前面等。我眞是渾身發寒，大喊說：『請不要再糾纏我了，我最討厭你了！』」

「結果他就變得像厲鬼一樣？」

她茫然張口：「你怎麼知道？」

「我猜的。」我扯謊說，卻感到可恥極了。明明內容即將逼近井戶川先生的死因核心，我卻更強烈地不願意再繼續聽下去。

「這樣啊。與其說是厲鬼，他更像個強姦魔一樣，追上來大叫：『我喜歡妳！求求妳，一次就好，一次就好，跟我上床！』我以爲他要殺了我，所以一路逃到隅田川那裡。然後，他在橋上追到了我，我東張西望，希望有人經過，但這種時候偏偏就沒有人。」

杉山京子說著，眼眶濕了。我忍不住問：

「這種時候，妳就不會大聲反過來說『我也喜歡你』嗎？」

「爲什麼？爲什麼我要說那種話！明明全世界再也找不到像他這麼噁心的人了！」她一副快吐出來的表情。

「這樣啊。抱歉，說了奇怪的話。」

「不會。然後我因爲感到生命危險，便豁出去說：『如果你這麼喜歡我，就現在當場游泳給我看。』我、我、我再怎麼樣都想不到……他會直接跳進河裡。我只是爲了逃過一劫、狗急跳牆隨便亂說的而已。結果他說『這是爲了妳。我有練空手道，身手很強』，脫下了外套。」

杉山京子哭了起來。我只是呆呆地聽著。我到底在做什麼？我厭惡起自己來了。結果我只是發現了我所不知道的、井戶川先生極可惡的一面罷了。原本還以爲一定是殺人凶案，其實只是把我內心崇拜的井戶川先生給殺死而已。一想到這裡，淚水便奪眶而出。

「大家好！」我在道場入口招呼，手島先生立刻飛奔而至。

「綾部，怎麼樣？你一直沒消沒息，害我擔心到底怎麼了。查到什麼了嗎？」

「沒有耶。公司那邊好像不會辦告別式那些。」

「這樣啊……」手島先生難以置信地側著頭說。「也是有公司會這樣呢。眞沒辦法。下次再找時間去他的墓前上香吧。」

綠女士對著鏡子拚命練習踢技。充滿鬥爭心的專注表情，讓綠女士看起來比平常更美麗。這樣就好了，我看著綠女士心想。因爲我們都只追逐著井戶川先生生前美好的一面。

扭曲的天堂

TWISTED HEAVEN

ジオラマ

室內一如平常，陰陰冷冷，充斥著香菸和酒精的氣味。摸到香菸，點燃後一陣出神。沒多久，房間的空氣亮度與自己契合在一起那種回歸現實的感覺慢慢地復甦。卡爾在黑暗中看了看一直戴在腕上的天美時手錶。下午四點多。起床時間愈來愈晚了。好了，接下來該如何度過漫漫長夜？正當他開始盤算時，電話剛巧響了起來。

「卡爾，不好意思想臨時拜託你。」

旅行社的瑪麗亞劈頭就這麼說。妳哪一次不臨時？卡爾內心咒罵。但或許能久違地接到工作。這份期待，讓他忍不住討好地回答：

「沒關係，沒問題。」

「我就知道。你的話，一定有空。」

卡爾一陣火大，但花了七年從藝術大學畢業後，除了在柏林這裡當觀光導遊以外，卡爾沒做過其他工作。他沒有回嘴，隨手在紙上記下瑪麗亞公事公辦地交代的內容。

「有個日本女人想要雇觀光導遊。時間是明天開始的幾天。再跟她磨一下，或許可以延長更久。那個女人今晚住在洲際酒店，希望你明天早上九點到大廳去接她。」

「好。叫什麼名字？」

「園田。不曉得是名字還是姓。我不懂日本人的名字。」

「是姓。」

「這樣，隨便啦。那就交給你了。」

電話兩三下就掛了。每次遇到日本觀光客的導遊工作，瑪麗亞就會轉介給卡爾，但兩人從來沒見過面。從瑪麗亞一貫冷淡而調侃的口氣，卡爾依稀察覺瑪麗亞對日本人沒什麼好感。

其他會介紹導遊工作的，只有和卡爾一樣是日德混血兒，在東京一起念到高中的馬克斯而已。馬克斯在拍電影，所以他介紹的日本人很多都很有趣。但他介紹的工作也不是常有，因爲幾乎都集中在二月的柏林影展時期。

柏林圍牆剛倒塌不久的那陣子，觀光客很多，讓打工當翻譯導遊的卡爾能過上相當優渥的學生生活。但食髓知味，生活變得糜爛之後，觀光客突然都不見蹤影了。取而代之，增加的是商務客。但這類客人不需要卡爾這種不適合會議場合的導遊。他也想過擺出西裝筆挺的門面就行了，但爲了商務前來的客人不知爲何，就是能識破卡爾隨興散漫的本性，不想找他，十分奇妙。

但這下就能有點收入了。卡爾膽大起來，吸了大麻。很快地，他覺得往後的事無足輕重，沉浸在模糊的幸福感當中。軟性毒品、酒精和音樂。如果能夠永遠這樣下去，不知道該有多好。卡爾聽著現在迷上的約翰·柯川的爵士樂，癱在床上，忽然覺得明天要早起太麻煩了。

隔天早上，設了兩個的鬧鐘也沒能叫醒卡爾，當他艱難地睜開眼睛時，已經超過早上九點了。瞬間，乾脆蹺掉約會的念頭掠過腦際，但這樣就拿不到錢了。不趁現在賺點錢，日子眞的要過不下去了。卡爾叼上起床後的一支菸，百般不願地爬起來，臉也沒洗就出門了。

氣溫四度。以四月初旬來說相當寒冷。卡爾後悔只穿了件薄毛衣和皮外套就跑出來，考慮乾脆租台車好了。既然會爲私人旅行雇用導遊，一定是個有錢女人。車子就租貴一點的，新款ＢＭＷ好了，他決定。

晚了一個小時進入酒店，一眼就認出要找的女人了。因爲在鋪著大理石、宛如巨大石箱的大廳裡，就只有她一名東方女子。肌膚帶點黃色，散發出獨特的光澤。天冷成這樣，女子卻穿著薄絲襪和高跟鞋這種格格不入的服裝。而且頭髮黑得異樣，和鮮紅色口紅的對比引人側目。

雖然罕見，但有些旅客會帶來麻煩，只留下沉重苦澀的餘味，揚長而去。對方走了，而自己還留在這裡。這種時候，卡爾眞的很痛恨導遊這份工作。希望這次的客人不會是這樣。卡爾心想，一邊走近一邊觀察女人。

「園田小姐嗎？我是翻譯兼導遊的卡爾。」

女人留下「啊」的驚訝嘴型，注視卡爾的臉。是對我的長相驚訝嗎？很久沒當導遊的卡爾，回想起日本人第一次看到他會有的反應。

美麗的日本母親和黑髮的日耳曼父親生下來的卡爾和弟弟，俊美得總是令身邊的人驚豔。完美的頭型、白皙的肌膚、黑褐色的鬈髮。一雙濃眉維持著絕妙的角度畫出弧線，襯托出大大的黑眼睛。鼻子和嘴唇造型細緻，別人都說就如同日本的少女漫畫中登場的美少年。在日本度過的少年時期，留下的回憶全是每次搭電車，都引起女學生騷動。

可是，就在柏林這裡的生活變得放蕩的同時，卡爾的髮線也開始後退了。二十六歲的現在，卡爾的頭髮明確地顯示出他遲早會像父親一樣禿光的未來。所以園田這女人的反應，時隔許久讓卡爾有了自信。

「讓妳久等了嗎？」

「對啊，我們是約九點。」女子以意外低沉的嗓音明確地說。

「這樣嗎？我聽到的時間是十點。抱歉，中間一定有什麼差錯。」

卡爾打馬虎眼說，細細端詳女子的臉。眼睛細小，五官淡薄，但襯得鮮紅色口紅格外出色。年紀應該三十五左右。穿著緊身的藍色線衫洋裝，手中拿著白色薄大衣。本人很樸素，服裝卻很搶眼。完全看不出是從事什麼職業的人。應該不是粉領族、主婦或自由業。但卡爾覺得對方似乎看透了自己輕侮的心態，重新思考如何出招。

「請告訴我。妳一開始想去哪裡吧。」

「嗯，哪裡都好。我昨天剛到，哪兒都還沒去。」

女子淡淡地說，絲毫沒有接下來要去陌生的城市觀光的喜悅。這段期間，卡爾直盯著女子漆黑的頭髮。德國也有許多黑髮的人，但如此美麗的黑髮，是東方人獨有的。不會反射光線，而是將一切色彩吸收進去般的潤澤黑髮，若是女人卸去妝容，應該會讓她的臉色顯得蒼白黯沉。卡爾忽然感覺到欲望，不知所措。那與自己的血液當中也有、想要遺忘，卻又想要記住的某種刺癢的事物連結在一起。卡爾慌張地問女子：

「妳是第一次來柏林嗎？」

「對。」

「住幾天呢？」

「還沒決定。大概三、四天吧。」

一個女人單獨到柏林旅行，十分罕見。卡爾期待可能是來爲生意預做勘察的。其中應該也有人會雇用自己這種導遊，偷偷觀察年輕人市場。如果這女人就是這樣，也可以帶她去自己常去的酒吧。如此一來，或許可以拿到某些報酬。

「這樣啊。那，走一般的三日行程好嗎？」

「有這種行程？」

「當然了。不過是我自己規劃的。」

卡爾答道，女子抿唇一笑。眼睛毫無笑意，只有嘴唇抿緊揚起，反而變成了一種刻薄的神情。這表情不賴。

「那就這個好了。麻煩你了。」

停留三天的話，今天帶她在市區四處逛逛，明天走遠一點去波茲坦，最後一天逛博物館，然後帶她去自己有回扣可拿的店家購物吧。卡爾在內心飛快地盤算。日薪加上回扣，感覺可以賺到八百馬克以上。他做了五年導遊，已經可以得心應手地做出這些計算，慫恿客人了。

「那，我可以租個三天的車嗎？」

如此一來，整整三天都有車子可以開，晚上也可以邀酒肉朋友去兜風。

卡爾擔心平時租車的店家的新款ＢＭＷ是否已經被租走了。而且是綠色那台。

「好啊，就這麼做吧。」

女子看也不看卡爾，只應了聲，點燃萬寶路香菸。

「那我去租車。」

卡爾心想眞是個怪女人，歡天喜地地離開去租車了。

開著鮮紅色ＢＭＷ逛遍觀光勝地，卡爾漸漸搞不懂女子旅行的目的了。勝利紀念柱、國會大廈、布蘭登堡門、柏林圍牆遺跡、舊東德街道。不管卡爾如何熱心地解說，女子都不肯下車觀看。她沒帶相機或攝影機，對觀光勝地和遺跡似乎也不感興趣。

「妳會冷嗎？」

「不會。我只想看人，所以待在車子裡就好了。」

「我是無所謂，但這樣的話，與其雇導遊，叫計程車更划算多了。」

卡爾忍不住酸道。因爲他本來以爲可以趁女子走動觀光時，自己在一旁納涼。

「可是我又不會德語。你日語說得眞好。」

「是啊，我的母親是日本人。」

「這樣嗎？」女子目不轉睛地端詳卡爾的臉。「你長得一點都不像日本人，可是也不是德國人長相。眞的很漂亮。」

「漂亮喔……。這麼說來，我來德國讀大學以後，就莫名地很受同志歡迎。」

「現在也是吧？」

女子鬆開嘴唇笑了。她很快就轉回擋風玻璃的方向，一副對卡爾的回答不感興趣的樣子。結果卡爾錯失了回答的時機。

很快地，車子經過失火造成尖塔損毀的威廉皇帝紀念教堂，女子瞥了教堂一眼，拜託卡爾說：「可以在這一帶繞一圈嗎？」

「不是要去夏洛滕堡宮嗎？」

「沒關係。這裡人很多，剛好。」

女子開始默默地觀察路上的行人。卡爾斜眼查看女子在看什麼。女子的目光再也沒有投向遭到戰火破壞的知名教堂，淨是看著往來的行人面孔。

風很冷，天空依舊一片陰沉，感覺隨時都會飄雪。每個人的表情就像受夠了彷彿永無終日的寒冷，攏緊大衣前襟，快步離去。這到底有什麼好看的？卡爾煩躁不已，但女子的眼神卻忙碌地搜視著行人的臉，好像在尋找某個認識的人。

卡爾就這樣在康德大街上開了一會兒，接著再次開上鬧區的庫達姆大道，又回到威廉皇帝紀念教堂。他繞了兩次，但女子不曉得是否沒發現，什麼也沒說。卡爾感到尿急，擅作主張，把ＢＭＷ開到出現在右邊的柏林最大的百貨公司 KaDeWe 的停車場。

「午飯怎麼辦？已經四點了。」

卡爾把車子完全貼合白線停好，說他會在這裡等，結果女子狀似寒冷地交抱起手臂，拜託卡爾：

「我想喝點什麼，可以帶我去嗎？」

卡爾無奈地下車，跟了上去。女子似乎全不在乎別人怎麼看她，伸直了蹬著高跟鞋的膝蓋，就像西洋人一樣抬頭挺胸往前走。但是在肩上飄拂的黑髮，在充滿許多春季粉色調的百貨公司裝飾當中，仍顯得突兀。卡爾覺得是顏色的質地不一樣。

以前在日本，卡爾感覺自己彷彿是一個洋娃娃，格格不入。但是來到柏林後，身上的東方人血統也讓他感受到強烈的違和感。這兩種違和感壓得他喘不過氣來。他好久沒有這種無處排遣的感受了。回想起來，他之所以持續過著現在這種率性自由的生活，或許也是爲了想要逃離不屬於任何一方的不安。卡爾害怕踏進無底沼澤裡，打住了思考。

女子和卡爾搭著電梯，抵達用餐區。女子要卡爾替她點一杯香檳和鯡魚排，馬上就點起了菸。卡爾替女子點餐，也幫自己點了一樣的東西。

端著餐點回到女子的座位時，女子正注視著在賣場玻璃櫃前挑選魚子醬的健碩金髮男子。注意到視線，男子不快地回頭看女子，接著同樣地瞪向年輕的卡爾，就像在問：你是這女人的誰？這女人看我做什麼？卡爾躲開那扎刺的眼神，隔著女子高舉的香檳杯泡沫，立下決心問：

「妳眞的是來觀光的嗎？」

「其實我是來找人的。」

女子這麼回答，卡爾總算恍然女子爲何要那樣定睛觀察別人的臉。女子在找的，一定是一個德國男人。

「那個人在哪裡？」

「不曉得。」女子聳了聳肩。「他在哪呢？」

「難道妳昨天去找過他了？」

卡爾只是隨口猜測，但女子坦然點了點頭：

「對。我寫信到他的住址，卻因爲住址不明被退了回來。所以我過去那個地址看看。在克羅伊茨貝格那裡。」

「然後呢？」

「一個像房東的人出來，說沒有這個人。這點程度的德語我還聽得懂。」

「要不要我陪妳一起去問？」這話都來到喉邊了，但這不是導遊的工作。卡爾的作法是，當成例行公事完成平常的觀光導覽工作，然後期待拿到超出行情的報酬。

卡爾沒說話，女子摸索皮包底部，掏出幾封信。上面用女人的筆跡寫著克羅伊茨貝格的住址。男子名叫伯恩哈德·凱拉。但信件因住址不明遭到退件。卡爾翻到背面，看了女子的名字後，歸還信件。寄件人姓名是園田良子。

「那，接下來妳要怎麼做？」

「去有人的地方。他立志成爲作家，說他總是在街上閒晃，觀察人群。所以在人多的地方，或許可以見到他。」

女子看著乾淨地殘留在盤子上的鯡魚骨，喃喃著這種天方夜譚。卡爾覺得生氣：

「我是觀光導遊，妳這樣我很困擾。如果妳要找人，應該要求助專業人士吧？」

「你不想賺錢嗎？」女子捺掉香菸，露出那種看起來刻薄的笑容。「如果你願意陪我一起找，我可以再加成。」

「多少？」

「一般導遊費的兩倍。」

女子伸出搽著和口紅同色的指甲油的纖纖細指，豎成V字型。卡爾一把扯過信件。他很想快點回去自己溫暖的住處，抽點軟性毒品，但聽到兩倍的報酬，沒辦法掉頭走人。他明白這工作會很棘手，但如果接下來的日子可以變得輕鬆，他樂於接受。

「我答應。那麼，我們先去克羅伊茨貝格吧。」

「我說了他不在那裡。」

女子不耐煩地說，搖晃著高跟鞋的鞋尖。

「那，我去幫妳問得更詳細一點。妳在車子裡面等就好了。」

如果伯恩哈德眞的立志成爲作家，那麼克羅伊茨貝格確實是那類人士會選擇居住的地方。那裡原本是落魄的土耳其人街，但最近愈來愈多有趣的咖啡廳和店鋪，住了許多藝術家或夢想成爲藝術家的人。卡爾也有許多朋友——也就是自稱藝術家的人住在那裡。隨便抓一個問問就行了。

抵達克羅伊茨貝格，卡爾把ＢＭＷ停在路邊，對女人說：

「我去這個住址問問，妳在這裡等我。」

女子沒應聲，點了點頭。時間已過六點，氣溫逐漸下降。太陽要到晚上九點左右才會下山，因此天色還會明亮一陣子，但他可不想衣著單薄地在街上閒逛。而且五點就該下班了。他想早點結束，去喝個一杯。一覺得冷，就忽然覺得一切都好麻煩，卡爾豎起皮外套衣領，把拉鍊拉到頂，往前跑去。

卡爾認爲，伯恩哈德這個人一定是受夠了那個日本女人，隨便編了個住址給她。對於西方男人來說，東方女人的愛情有時候過於沉重，就像那頭黑髮在百貨公司的色調中顯得突兀。就是因爲依稀明白這一點，女子才不願意跟他一起過來。因爲事關自尊心，她不想跟卡爾一起。但她無論如何都想見上男人一面，所以明知是白費工夫，仍注視著人群。這麼說的話，或許自己是被迫奉陪那名女子如泡沫幻影般的旅行了。

想到這裡，卡爾陷入憂鬱。兩倍行情價，實在便宜了她。卡爾後悔不迭，前往拜訪信件住址所在的舊公寓房東。

「我在找一個叫伯恩哈德．凱拉的人。」

「這裡沒有這個人。」

看上去年過七旬的白髮男子斬截地說。口中傳來廉價紅酒的味道。

「可是我聽說他住這裡。」

「不，這裡的每一個租客我都認識。最近也沒有人搬進搬出，而且這名字我聽都沒聽過。」

「會不會是住戶的朋友住在這裡？」

「這裡不允許這種行爲，不可能。」男子堅決否認。

「那，有沒有一個日本女人來過這裡？」

「東方女人的話，昨天有一個。我還以爲是越南人還是中國人，原來是日本人？」

卡爾不打算熱心地逐一拜訪每一戶詢問。問過這些，卡爾便覺得義務已盡，回到車子那裡，沒想到女子不見了。卡爾嘆氣，四下張望。這裡不像舊東柏林那樣荒廢，應該不會有新納粹分子出沒，但一樣不是女人可以獨自一人在傍晚行走的安全地點。

「可惡！跑去哪裡了！」

卡爾忍不住用日語咒罵。俗話說混血兒會更像母親，看來是眞的。外表是德國人，但卡爾的心理更接近日本人。卡爾邁步往前跑，挨次探看石板地磨損的每一條巷弄。可是完全沒看到女人的蹤影。

束手無策的卡爾回到車子，憑靠在光滑的車體上抽菸。鮮紅的ＢＭＷ新車在這一帶格外顯眼。萬一被人惡作劇破壞，要賠的人可是他。他想快點把車子開到安全的地點，但女子不在，他什麼都不能做。

卡爾煩躁地抬頭，在稍遠處看見了咖啡店的招牌。他往前走，準備過去看看。就在這時，他看見黑髮女子從咖啡店裡走了出來。放下一顆心的同時，他怒火中燒：

「我一直在找妳！妳跑去哪裡了？」

站在車子前面的女子冷得直發抖。她牙齒打顫，雙手緊緊地抱在胸前。

「對不起，我覺得他好像提過那間咖啡廳……」

「結果呢？」

「好像沒有人認識他。」

女子回答，垂頭喪氣地坐進車子裡。卡爾發動引擎問：

「伯恩哈德是妳的男朋友嗎？」

「我們在東京同居。可是他說他想回柏林，就回來了。」

「爲什麼？」

「說他想寫小說。」女子冷冷地笑。「說東京濕氣重，人又多，他不喜歡。說待在東京，他半點想像力都沒有，會變成廢人。」

「他拋棄了妳？」

「沒有，他說他會把我接來。我們實質上就是一對夫妻。」

「妳是做什麼的？」

「酒店小姐。在銀座的俱樂部當小姐。」

「穿和服接待客人嗎？」

「對。」女子表情陰沉地回答。「每天晚上。」

卡爾反射性地看女子的頭髮。那髮色確實不適合洋裝。在這裡，她完全就是個異物。起初覺得稀罕，但西方男人很快就會覺得東方女人過於潮濕沉重。

「今天已經很晚了，先回酒店，明天再來吧。晚上我會打電話給住這附近的朋友問問看。」

女子沒有回話，在車座上別開了臉。車子開出去一陣子後，她說：

「今天我累了。不好意思，明天你一點來接我。」

卡爾猜想，她可能是遇上了某些挫折。也許是在那間咖啡店聽到了什麼不好的消息。伯恩哈德僞造了住址，或是跟其他女人同居，或是其他的什麼。

卡爾把突然沉默的女子送到酒店，再次折返克羅伊茨貝格。與其說是出於好心，更只是純粹的好奇。他去了剛才女子消失的咖啡店，張望有沒有認識的人，但是沒有。咖啡店店名平凡，裝潢也很普通，並非落魄藝術家喜歡光顧的店。卡爾點了皮爾森啤酒，向站在吧台裡百無聊賴的年輕小姐打聽：

「妳認識伯恩哈德．凱拉嗎？」

店員雙手插在牛仔褲後口袋裡，朝店內深處努了努下巴。卡爾跟著往那裡看，一名金髮男子正在專心看書。注意到卡爾在看，男子從書本抬起頭來。是卡爾不懂的俄文書。似乎是接受過俄語教育的舊東德的人。

「你是伯恩哈德．凱拉先生？」

「不是。」男子搖搖頭。「我叫艾米爾。」

「我叫卡爾。」

卡爾和男子形式性地握手，在旁邊的椅子坐下來。

「那，你認識伯恩哈德．凱拉嗎？」

「認識。他是我朋友。」

「你知道他現在在哪裡嗎？」
「當然知道。」
艾米爾看起來愛諷刺人的淡藍色眼睛瞬間暗了一下。
「他在哪裡？」
「墳墓裡。」
「他死了嗎？」
「嗯。是怎麼死的、什麼時候死在哪裡，我不知道。我是聽人說的。我們只是會在這裡碰面的朋友。」
艾米爾的目光再次回到俄文書上。

隔天，卡爾在大廳一直等到一點半，但女子沒有現身。卡爾遲疑著不敢打電話。因爲他想避免進入女子的房間，安慰肝腸寸斷的她的場面。
昨晚回到住處後，卡爾難得沒有用軟性毒品，以清晰的腦袋做出了一個結論。也就是「與我無關」。不管女子是悲傷還是怎樣，除非她主動說出來，否則他都要裝作不知情，繼續假裝尋找伯恩哈德。如果女子說要繼續觀光，他就繼續導遊。然後不管怎麼樣，他都要拿到兩倍的錢。

卡爾深深地坐在大廳沙發上，等待女子現身。以前他也曾經兩度在飯店遇到不好的經驗。

一次對方是貿易公司的員工，到了約好的時間，也沒有出現在大廳。打電話到房間，對方說他不小心叫了客房服務，要卡爾去房間。卡爾敲了門，門突然打開，他整個人栽了進去，被對方從後面架住。我喜歡你，對方在背後細語。但卡爾的力氣更大。他說「我沒這種嗜好」，甩開男子。男子道歉，打開錢包，遞出兩張百元馬克紙鈔。

另一個是女大學生。說身體不舒服，要卡爾過去，卡爾過去一看，她在床上哭哭啼啼，說她愛上了卡爾。她說卡爾擁有俊美的西洋人臉孔和日本人的心，讓她瘋狂。卡爾毫不猶豫地說他是同志，所以無法回應她的情意。

不論好壞，他們都是日本人。只要卡爾明確地拒絕，就會乖乖打消念頭。也就是說，如果遇上什麼不好的問題，他們會認爲應該順從環境，死心認命，並且努力。但那名女子不同。她看起來就是明知道自己是異物，而表現得像個異物，卻又相反地彷彿完全沒注意到這個事實，毫不設防。對於伯恩哈德這個人，她一定也沒有順從地退讓，而是反抗吧。一路追到這裡來找人的執念令人佩服。

「昨天謝謝你了。」

有人輕拍他的肩，卡爾驚訝地回頭，女子站在那裡。今天她穿著鮮紅色的連身窄裙，搭配有黑色條紋的絲襪。外面披著黑色的皮草大衣。

「今天我想去沒人的地方。」

「這次想去沒人的地方嗎？」卡爾重複說，想要說出「我知道理由」。可是，女子集大廳眾人視線於一身，昂首闊步地朝門口走去了。卡爾大步追趕。

「妳穿那樣可以嗎？外面只有六度耶。」

「我不怕冷。」

在柏林，幾乎不會有女人在大白天穿那種薄透性感的絲襪。更別說現在還是早春。卡爾幫忙打開停在停車場的租車車門，看到上車的女子的腳，想起了昨天在街角顫抖的她的表情。那個時候與其說是寒冷，看起來更像是因爲害怕而顫抖。在車子裡，女子提議：

「去波茲坦吧。」

「可是那裡是觀光勝地，人很多喔。」

「這樣。」女子沉默了。「那去哪裡好呢？」

卡爾忽然想要讓女子驚訝。他決定把原本就不適合柏林任何一處的女子，帶去更不適合她的地方。

「那，我帶妳去沒有人的美麗廢墟吧。」

卡爾從康德大街開上高速公路，從以前是爲了賽車而鋪設的直線高速公路往西南方駛去。他瞄了副駕上的女子一眼，女子注視著隔壁車線的賓士計程車司機，或是車頂載著米其林娃娃的卡車駕駛。感覺到女子強烈視線的司機們，每一個都驚訝地回望黑髮的東方女子，接著立刻轉回前方，就像在說「不要妨礙我們工作」。她是在別人身上尋找死去的男人的面容嗎？卡爾深深踩下油門，就像要讓景色流過女子的眼中，無法凝結成像。不知爲何，他忽然覺得女子很可悲。

沒多久到了波茲坦。卡爾在荒廢寂寥的街道上不停地往前開，在一座平緩的小丘山腳停下車子。四下沒有半個觀光客。

「那裡。」

卡爾指著小丘上的廢墟群。一直沒有開口的女子，第一次發出「啊」的一聲，讓卡爾感到滿足。小丘上有條兩側被栗子林圍繞的約一百公尺道路，頂端有許多廢棄的石造建築物，只剩下支柱。正面的建築物，柱子有一根歪曲了，而且每一座都只是巨大建築物的一部分，但是從山腳往上望去，就像是沒有天花板的宮殿。

「我們都叫那裡是『天堂』。」卡爾說。

「柏林這地方眞的很奇妙呢。有些地方荒廢得宛如地獄，但也有像天堂一樣美好的地方。可是那裡……」

「怎麼樣？」

「如果說是天堂，卻是扭曲的。」

聽到女子的話，卡爾陷入沉思。確實，小丘上的廢墟就像被人一把扯掉上方，是扭曲的。半吊子、惹人心酸的「天堂」。

女子沒理會卡爾，率先走上坡道。高跟鞋的鞋跟幾乎全陷進了土裡，留下小動物腳印般斷斷續續的小痕跡。女子叼著菸，留心腳步往前走，偶爾透過栗子林望向黯淡模糊的橘色太陽，把菸灰灑在地上。黑髮在肩上打節拍似地跳動著，腳上的肌肉反覆著緊張和鬆弛。卡爾從後方看著這些。

抵達小丘頂端，巨大的建築物殘骸正中央，有一道高約一公尺的混凝土牆形成巨大的圓形。

「這裡面是貯水池。」

卡爾說，女子把手扶在寬度近一公尺的混凝土牆上。

「欸，可以讓我上去嗎？」

女子把高跟鞋鞋跟踩在卡爾的牛仔褲膝上，意外輕巧地爬了上去。接著她在貯水池周圍繞了一圈，在混凝土牆上坐了下來。卡爾沒看女人，爬上正面柱子彎曲的建築物，眺望遠方。一會兒後再回頭看，女子在那裡躺了下來，仰望著天空。卡爾繞過牆下，走到女子躺著的地方對她說話：

「妳不冷嗎？」

「冷啊，這裡是石頭上面。」

「妳喜歡這裡嗎？」

「嗯，非常喜歡。看到這裡的瞬間，我就知道他一定也來過這裡。然後一定曾經像這樣躺著看天空。」

女子聲音雀躍地說，聽起來卻無比地哀傷，彷彿一切都被貯水池裡沉澱的黑水吸收了。卡爾明明覺得女子與他無關，卻忍不住問：

「他在信上這麼提過嗎？」

「沒有。可是我跟他就像同一個模子印出來的，不管是感受還是想法都是。所以我們經常不約而同地唱起同一首歌，同時開口說話。」

女子稍微抬頭，望向剛好就在眼睛高度的卡爾的臉。女子突然伸出手來。卡爾抓住那隻手，發現冰冷得教人驚訝。

「扶我下去。」

女子在牆上站起來，不待卡爾準備好，就往他的懷裡跳下去。卡爾被女子的重量壓得踉蹌，兩人同時跌坐在冰冷的地面。騎在卡爾身上的女子突然抓住他的頭，用雙手抱過去，吸吮他的唇。女子的嘴唇極爲冰冷柔軟。感覺又硬又堅韌的黑髮覆蓋在卡爾的臉上。

卡爾正茫然不知道出了什麼事，女子已經拉下他的牛仔褲拉鍊了。他的陽具已經勃起，女子將其含入口中。女子的口腔裡意外地溫熱，凍寒的卡爾忍不住喊出聲來。女子的頭緩慢地上下移動，溫柔地吸吮、輕啃卡爾的陽具。卡爾再也無法忍耐，把女子抬到腹部上方，撩起連身裙裙擺，粗魯地扯下內褲。進入她的體內時，感到安心的同時，他竟不小心洩精了。

「對不起。」

卡爾粗重地喘息著說，女子頭枕在卡爾平坦的胸上，仰望著烏雲密布的天空。

「他死掉了。」

「我知道。昨天我在咖啡店聽說了。我瞭解妳的悲傷。」

瞬間，女子全身僵硬，接著撐起上半身。

「你誤會了。」女子說。卡爾不解其意地仰望她，她喃喃說：「他是死在東京的。」

卡爾吃驚地起身。女子已經站起來，拂去皮草大衣和衣服上的灰塵。比沙子更細的粘土質泥土看起來鑽進了連身裙的針腳中。

「妳為什麼假裝在找他？」

女子沒有回答，默默地拍掉泥土。

「為什麼？」

女子憐憫地俯視卡爾。她的眼中浮現「你絕對不可能理解」的嘲笑。

「我會付錢，連你跟我睡的份。」

旅人又把沉重苦澀的事物拋給了他，卡爾忍不住踉蹌。被塞進手中的負擔。永遠無法拋棄的負擔。不，需要許久才能夠遺忘的負擔。啊，真麻煩，別再幹這一行了，卡爾自言自語。

黑狗

BLACK DOG

ジオラマ

1.

名字的漢字是「有理」，讀音是「YURI」。

漢莎航空的飛機開始在成田機場上空盤旋的時候，卡爾・利希特總算開始佩戴上遺忘已久的日本名。日本濕潤的空氣。當它滲透到體內時，卡爾應該就會與辻本有理這另一個名字徹底融合爲一體。雖然隨著年紀增長，這愈來愈耗時間。

上次回國，是兩年前外婆過世的時候。這次是來參加母親的婚禮。有理從上空冷冷地俯視著這個只在婚喪喜慶才會回來的祖國。

他有幾年未曾經歷初夏的東京了？有理望著逐漸靠近、被切分成緊湊的小塊的新綠大地。在這個國家，是否沒有任何不受管理的土地或人？被一層濕氣膜覆蓋的安全的國度——日本。自己眞的是在這個國家生長的嗎？有理忍不住訝異。

在有理住了十年的柏林這個城市，每個人就像插進地面的樁子一般，都必須深深地挖掘出各自的坑洞——爲了不被推倒，又或是爲了不讓自己倒下。但是在柏林，不會有人干涉你，可以在被人遺忘的狀態下活著，十分愜意。

有理穿了件T恤，搭配剪掉褲管的牛仔褲，推著發出刺耳噪音的舊行李箱，穿過狐疑地觀察他的海關人員面前。他在接機的人潮另一頭看見一名中年日本婦人。婦人穿著薄荷綠的夏季洋裝，繫著極相襯的雪紡領巾。

「有理，你回來了。」

都叫她不用來接了。在還沒做好心理準備的情況下見到母親，有理不悅地板起臉孔。不是對母親生氣。而是氣自己都二十九歲了，還在爲此不知所措。

「媽。」

有理西洋式地擁抱了母親。香水味。母親路子五十二歲。隨著年紀增長，她愈顯沉穩，益發美艷。年輕的自己反而是心境日漸黯淡下去。

路子默默地端詳有理的臉。即使沒有說出口，有理也知道路子正回想起他的父親。最近髮線退後得滿嚴重的。瞬間，有理開始在鏡中的自己身上發現父親的面容。

「愈來愈像爸了對吧？」

不曉得多少年沒有說出「爸」這個詞了。

「你比他帥多了。」路子笑道，但察覺到有理的僵硬，迅速改變話題：

「這個髮型很不錯喔。」

「會嗎？」

有理摸了摸紮在後腦的頭髮。解開後比母親還要長的頭髮，是遺傳自父親的黑褐色。

「好久不見了。你願意回來，我很開心。」

「我也很開心見到媽。」

有理沒有說回來很開心。

兩人並坐在成田特快列車的座位上，路子說了起來：

「這次的對象是日本人。」
「幾歲？」
「要五十九了。快退休了。」
「他是做什麼的？」
「正經的上班族。」
「你們在哪裡認識的？」
「不告訴你。」路子神祕地笑。
路子的第一任丈夫是德國人，也是有理和弟弟眞理的父親。兩人在有理十歲的時候離婚，所以是十九年前的事。有理上大學的那年，路子和美國人再婚，但這段婚姻也很快就告終了。這次的對象，路子說才認識不久，但這是路子第一次和日本人結婚，這一點也很稀罕。
「對方也有兩個小孩，兩個都是女兒。大女兒三十歲，小女兒二十七歲。兩個都結婚了。」
有理回應著路子的話，目光被窗外的景色吸引了。住宅變得比兩年前更多，建築物變得新穎，卻也更爲大同小異，這是爲什麼呢？外面氣溫幾度呢？濕度多少？

「可是，聽說她們都不願意來參加我們的婚禮。」

有理只聽到最後一句話。他看向路子受傷的表情。他覺得明白了母親永遠年輕美麗的理由。不管多少歲，她內心柔軟的感情和直率，都一如往昔。

「爲什麼？」

「說會對不起過世的母親。」

「我倒覺得活人比較重要。」

「我以前也這麼想，可是最近也漸漸開始瞭解了。」

路子沒有看有理，輕聲嘆息。

「是嗎？」有理苦笑。

那對姊妹的想法，也不是不能理解，但那是有理心中早已蕩然無存的某類感傷。是無從拒絕的兒時往事。接下來他便鍛鍊自己的精神，讓自己習慣。所以讓有理經歷這種傷悲的母親說出這種好聽話，也讓他覺得有點好笑。

車內販賣的推車過來了。路子買了兩杯熱咖啡，把一杯遞給有理。

「你會跟眞理見面嗎？」

「四年前見過。最近都沒連絡。」

有理想起弟弟。只有一次，眞理帶著女友去柏林找有理。相差四歲的眞理是波恩的大學生。

約好的咖啡廳裡，有個和自己一模一樣的男人。

「眞理。」

有理出聲，眞理一臉驚訝：

「我都忘了這個中間名了，都沒在用。叫我貝特啦。」

眞理看似忘了自己的肉體裡面還有日本人的血統。十四年不見的兩兄弟注視著彼此的臉。宛如相似形般肖似，氣質卻截然不同。

「好久不見了。」

「是啊。有哥哥眞是不錯。」

「你有新手足了吧？」

「妹妹跟弟弟，所以我成了大哥。」

「這樣啊。」有理只知道父親再婚的對象是德國人。

「有哥哥眞的很開心。」

眞理這麼說，但看到有理骯髒的牛仔褲和凌亂的頭髮，悄悄別開了目光。眞理的服裝，完全就是有錢的良家大學生。

緊挨在眞理旁邊坐著的金髮女子，交互看了看兩兄弟的臉，爲兩人的相似做出誇張驚嘆的動作。黑髮相同。飽滿的額頭和畫出絕妙弧線的眉毛也相同。但眞理比較像母親，眼睛較細，帶有一點東方氣息。

「你比較像日本人。你的眼睛比較細。」

她做出用手指拉起眼梢的動作，眞理苦笑，雙手合掌膜拜。

「我對東京完全沒印象了。」

「也不記得媽了嗎？」

眞理的表情有些沉了下來，但隨即點點頭。有理覺得他是個陽光青年。是個正直健康的青年。

看到有理抽菸，眞理不至於冒昧地蹙了一下眉頭。他似乎輕易想像出有理一回到住處就會偷偷吸食軟性毒品，以及成天宿醉、過著如無根浮萍生活的境況。

「卡爾，你現在在做什麼？」

「幫日本觀光客做導遊糊口。」

「是喔？」眞理應聲，話題接不下去了。眞理不停地說著他在大學主修電腦的事。

「貝特，爸好嗎？」

「嗯，他要我替他問候你。」

有理知道這是謊話。父親只在有理進入柏林的大學就讀時送了一張支票，此後便音訊杳然。

有理覺得，眞理徹底變成了德國人。他有了德國人的新母親，忘掉了日語，忘掉了眞理這個日本名，也忘了小時候住在東京的事。身上流有路子這名日本人女子血統一事，似乎也只是當成一個事實接受，並未留存在記憶裡。

這也難怪。離婚的時候，父親只帶著六歲的眞理回去德國了。然後在德國再婚，有了新的家庭。眞理從小就在不同的國家，由不同的家人扶養長大。和自己不一樣，是理所當然的事。

臨別之際，兩兄弟握了手。但有理覺得他們再也不會見面了。即使外貌相似，兩人也活在不同的世界裡。

自己和路子被父親拋棄了。父親選擇了眞理。

有理回想起苦惱、心碎的少年時期。父親沒有選擇他，這帶給他強烈的自卑和挫敗感。他是個孤獨而陰沉的孩子。所以母親再婚對象的女兒們能夠緊抓住回憶中的失落不放，他覺得她們一定比自己幸福太多了。

「眞理變成怎樣的年輕人了？」

路子夢想地問。

「他是個如假包換的德國人。」

有理以平坦的口吻說。咖啡喝起來是即溶的，很難喝。

「你說眞理是德國人，但你也有一半是德國人，而且一直住在柏林不是嗎？」

路子微笑說。雖然口氣彷彿在怨懟都不回日本的唯一一個兒子，但有理也知道，決定和美國人再婚時，這在她內心便成了早已放棄的願望。有理應該會一個人活下去，而路子應該會不斷地追尋她自己的幸福。即便是母子，身爲日本人的路子，也一定無法想像搖擺不定的有理的靈魂所受的傷。

「我不是日本人，也不是德國人。」

「那你是什麼？」

「我就是我。」

自己就是自己。有理如此相信，但感受極爲複雜。自己的身分認同究竟是什麼？自從父親離去的那天，強烈的不安便與他如影隨形。可是，他並不想要路子對此負起責任。因爲他們兩個都一樣被父親拋棄了。

「因爲我離婚，害你受苦了嗎？」

路子輕按了一下有理寬闊的肩膀說。

「沒事的。跟媽沒關係。我已經是大人了。」

路子垂下目光，盯著喝到一半的咖啡，也不曉得她知不知道有理大學畢業後也沒有正經工作，從事不穩定導遊工作的這副德行。

「眞理也是這樣嗎？」

「他看起來很幸福，不用擔心他。」

「那就好。眞理都會寄聖誕卡給我。」

路子顯得很開心。

「當然了，妳是他母親啊。」

「我有通知他我要結婚的事，但他什麼都沒說。」

有理沒有告訴路子，眞理對日本毫無興趣。

「他一定很替妳開心。」

「我好想念他。」

「想念眞理嗎？」還是父親？有理把後半句吞了回去。

「當然是眞理啊。欸，他長得跟你很像嗎？」

「像是像，但現在應該不像了。」

「這樣啊。」路子沒有問理由，就此打住。「你說他的女朋友是個怎樣的人？」

「很漂亮，有著一頭明亮的金髮。」

有理望向愈是靠近新宿，建築物越發壅塞的街景。人行道上行色匆匆的行人，每一個都迎面承受著午後的陽光，全都滿臉不悅。

「你都不想結婚嗎？」路子突然問。

「不想。我應該會單身一輩子。」

路子沉默了，似乎把它解讀爲對多次婚姻失敗的自己的責難。沉默橫亙在多年不見的母子之間。但路子立刻又問：

「你爲什麼不想結婚？」

「我不想扛起這種麻煩事。」
「是因爲我的關係嗎？」
「這也是一部分吧。」
有理再次望向窗外。
「你應該不是同性戀吧？」
「不是啦。」有理望向居然擔心到這裡去的母親。路子正經八百地回視著他。「妳怎麼會這麼想？」
「因爲你從來沒有帶女朋友回家啊。」
「我從十八歲就去柏林了耶。」
有理苦笑。路子寂寞地說：
「是呢。我好像瞭解你，但其實一無所知呢。」她看著電車滑進新宿站月台，問有理：「今天你要住我那裡吧？」
「嗯，我沒錢。」
外婆葬禮的時候，有理是住在商務旅館。

2.

有理家在永福町。說有理家並不正確，那是路子的父母留給路子的家。有理站在住宅區細小的巷弄裡，望著不斷地維修，才勉強撐到今天的老房子。是融合了日式與西式的二樓透天厝。直到十九年前，一家四口生活的家。充滿了回憶的老朽船隻。

外婆葬禮那時候，有理很快就回去柏林了，所以沒發現，但庭院旁邊塗白漆的車庫不知道什麼時候拆掉了。當時車庫裡停著乳白色車體、兩盞車頭燈縱向並排的老舊賓士車。

從小木門繞進庭院，周圍長滿了夏季雜草。有理和眞理一起挖的小池子，也僅餘一點痕跡，變成了一處小窪地，被開著白花的雜草所覆蓋。幾隻貓在圍牆上徘徊，彷彿占地爲王。分開雜草走到庭院中央，被趕出巢穴的蚱蜢跳向四面八方。

「很糟糕吧？雜草叢生。」

路子從木門探頭過來說。

「可是媽喜歡這樣對吧？」

「對啊，我喜歡野生的庭院。喜歡自由生長的雜草。」

有理小時候，這座庭院是一片草坪。父親成天在這裡訓練他的狗。是一頭黑色的大丹犬，名叫「蘋果」。蘋果是大型犬，全身肌肉虯結，站起來比眞理還要高。眼神銳利，裁耳的耳朵總是像犄角一樣高豎著。父親沉迷於調教蘋果。

「蘋果，趴下！」

「蘋果，等一下！」

每當用德語命令的嚴厲聲音響起，有理就會縮起脖子。他覺得是自己挨罵了。

「進來吧。你不餓嗎？」

路子從起居間的窗戶出聲招呼。有理發現自己不知不覺間眉頭緊鎖。露出T恤的手臂被蚊子叮了好幾包。

家具幾乎全部換過了。

爲了外婆的葬禮回國時，家裡幾乎都還是以前的器物，所以一定是到了最近，母親爲了和男友的新生活而換新的。

「媽，妳婚後要住在這裡嗎？」

「對啊，這裡是我的家嘛。」

路子毫不猶豫地當場回答。

「之前的沙發呢？」

有理在蓋著輕盈的原色木棉布罩的義大利沙發坐下來。整個人沉陷下去，彷彿被擁抱住一般。

「以前的沙發皮破掉了，所以丟掉了。」

以前的家具，都是父親從德國訂購的。沙發是厚重的黑皮材質，質地堅硬，小孩子的有理坐上去會被反彈回來。父親深信家具和車子德國製的更好，會不會他認爲人也是如此？一想到被拋棄的自己和母親，有理感到一股無法告訴任何人的痛。因爲即使外貌接近西方人，他也比眞理更強烈地遺傳了路子的感受性和氣質。

「你想吃飯嗎？」

路子從廚房高舉飯碗問。

「我可以吃吃看。」

「就這麼不想吃嗎？你果然不是日本人。像我，天天都想吃白米飯。」

路子笑道。

「可是妳以前在家都不吃飯啊？」

「那是因爲你爸討厭煮白米飯的味道。」

在那個一家四口的家庭裡，唯一一個日本人的路子或許也是孤獨的。有理坐在午後斜陽開始長驅直入的起居間裡，回想起過去。

九歲的有理坐在餐桌椅子上看電視卡通。

弟弟眞理五歲，坐在有理旁邊用色鉛筆在圖畫紙上畫畫。眞理拚命模仿畫出來的，是他正在看的卡通主角。

「一點都不像。」

有理嘲笑說，真理生氣了：

「很像！」

「一點都不像。」

「明明就很像！」

兩人拌著嘴，但仍滿懷幸福地度過飄來濃湯香味的傍晚時分。通往玄關的門前，龐大的黑狗蘋果趴在那裡，迫不及待迎接父親回來。

「蘋果，過來，吃飯了。」

母親從廚房呼喚，但蘋果別說抬頭了，連耳朵都沒動彈一下。對蘋果來說，這個家的主人只有一個，那就是父親。不管是母親還是他們兄弟，對蘋果來說，一定都比狗還不如。牠不聽別人的命令，要不然就是低吼威嚇，對父親以外的人，態度完全就是不屑。

有理非常討厭蘋果。可是一看到牠獰猛的眼睛射出凶光，就什麼都不敢做了。他會被釘住似地動彈不得，只能懇求大狗：「走開啦！拜託你走開！」

蘋果的耳朵像雷達一樣倏地往前轉去。看得出黝黑的背部肌肉繃緊了。蘋果突然爬起來坐正，開心地哼鼻。很快地，牠再也坐不住，用前腳趴抓門板。好像是從味道得知父親回來了。

「快點收起來。」

有理命令眞理，要他收拾畫畫的東西，並火速關掉電視。父親討厭小孩子在起居間鬼混，也會罵讓小孩懶散地待在起居間的母親。所以必須收拾整齊，抹去怠惰的痕跡。傍晚時分的幸福，在這瞬間煙消霧散。

玄關門打開的聲音。母親解開圍裙，飛快地前去迎接。這時迫不及待的蘋果也推開母親，一起擠出門。

「你回來了。」

「我回來了。」

接吻的聲音，緊貼在父親旁邊的蘋果甩著長鞭般的尾巴，意氣風發地走進起居間。

有理提心吊膽地仰望父親。漿得筆挺的純白色襯衫，搭配素雅的雙排釦西裝，打的是細紋歐式領帶。頂著一頭黑髮、嚴峻的面龐上戴著金色細框眼鏡，日耳曼人的父親。

「您回來了。」

有理和眞理站在餐桌旁邊恭迎父親。父親溫柔地笑著，但眼神彷彿能識破兩人的一切祕密。

「今天學校怎麼樣？」

「跟平常一樣。」

「總有什麼事情可以說吧？」

聽到這話，有理萎縮了。他害怕父親。也因此更想要博得父親的歡心。他希望自己在父親眼中是個優秀的好兒子。可是父親討厭他。父親拋棄他和母親，只帶著弟弟走了。

突然間，傳來一陣狗叫聲。

正沉浸在回憶裡的有理嚇了一跳站起來。狗叫聲是來自庭院嗎？他回頭看出去，但覆蓋著庭院的雜草文風不動。

「怎麼了？」

有理的反應似乎讓路子嚇了一跳。

「有狗在叫。」

「是隔壁的狗。」

「怎樣的狗？」

「忘記了。這附近常見的狗。」路子聳了聳肩說，似乎不怎麼關心。

「那隻狗很愛叫，所以野貓不太敢來了。」

路子喜歡有貓拜訪庭院。她會偷偷餵食牠們，或是保護牠們生產，幫忙送養小貓。不即不離地照顧這些貓，是她的樂趣。有理想起蘋果來到家裡時，路子也同樣唉聲嘆氣說野貓不敢來了。

「媽，妳以前說過一樣的話。」

「有嗎？」

「以前家裡不是養過一隻狗叫蘋果嗎？妳一直埋怨說自從牠來了以後，野貓都不來了。」

「蘋果啊。」路子露出懷念的表情。「克勞斯非常討厭有野貓在附近閒晃。說野貓會在他的草坪上亂尿尿。我們經常爲了這件事吵架。」

克勞斯是父親的名字。

「媽討厭蘋果嗎？」

「對啊，我討厭死牠了。神氣活現的討人厭的狗。」

路子故意做出歪嘴的動作笑了。

「妳記得那隻狗死在草坪上嗎？」

「當然記得啊。」

路子突然恢復正經。有理忽然差點脫口說：

「妳知道是我殺了那隻狗嗎？」

3.

這天晚上，路子的結婚對象伊藤來家裡吃飯。路子似乎已經計畫好在婚禮前介紹他和有理認識。

伊藤仍有著一頭黑髮，外表年輕，看起來不像快退休的人。長年在商場歷練出來的風采與自信，讓伊藤顯得世故老成，並帶有一絲傲慢。每次有國際會議，有理都會帶著這樣的日本男人四處觀光。

伊藤看到有理，露出困惑的表情。似乎被路子真的跟外國人結過婚這個不可動搖的事實打擊到了。

「妳兒子好帥。比我家女兒還要漂亮。」

「混血兒都會遺傳到好的地方。」

路子頗爲受用地說。

「怎麼不去當模特兒或演員呢？」

這話自小開始，有理不曉得聽過多少遍了。讀德國人學校的混血兒朋友裡面，也有人在做這類打工。可是，五官端正又怎麼樣？內在的不端正讓有理焦躁不已，把過去的人生都虛耗在這上面了。

「眼睛跟妳一模一樣。」伊藤瞇起眼睛看路子。

「我弟弟比較像媽媽。」

有理插口說，伊藤訝異地問：

「你弟弟不回來嗎？」

有理忍不住看向路子。但路子離席去沖餐後的咖啡了。

「他跟父親的新家庭住在波恩，跟我們不太連絡。」

「這樣啊。」

伊藤同情地沉默。應該是想起路子離婚的丈夫只帶走一個孩子的事。

「可是——羅爾夫是嗎？我聽你媽說，她跟羅爾夫還會書信往來。」

這時路子正用托盤端了義大利 Ginori 的咖啡杯組過來。

「也不到書信往來的程度。他只會在聖誕卡上交代幾句近況而已。」

「媽，羅爾夫是誰？」

有理問，路子似乎有些狼狽：

「你不記得了嗎？喏，克勞斯的弟弟啊。」

「啊，羅爾夫叔叔喔。」

有理總算想了起來，望向路子蒼白的臉。路子筆直迎視著有理的視線。那反彈回來的強烈目光，讓有理慌了手腳。

「你忘記了？」

「呃，也不是忘記……」

怎麼會想不起這個名字呢？明明叔叔那麼讓人印象深刻。有理訝異於自己的記憶竟如此不牢靠。

「他是個怎樣的人？」

伊藤似乎好奇起來問。

「是個怪人，像個嬉皮。他在全世界流浪，在旅途中來到日本。」

「最近日本好像也愈來愈多這樣的年輕人了，眞教人羨慕。」

伊藤以四平八穩的口吻點點頭說。

「這麼說來，有這件事呢。」

有理很驚訝自己居然忘記了。

「你跟他很像。」

「哪裡像？」

「他好像渴望自由自在，不受任何人拘束。」

路子喝了口咖啡，仰望伊藤，幸福地微笑。那張臉上這麼寫著：往後我要跟這個人一同生活，步上與羅爾夫、有理不同的人生。

有理腦中忽然浮現一名男子。

身材高大，有著一頭黑色長髮的德國人，那就是羅爾夫。暑假剛結束的時候，羅爾夫突然從機場打電話來。

「我是克勞斯的小弟羅爾夫。我現在剛到日本。我現在就過去，可以讓我暫時住在那裡嗎？」

家人從來不曉得父親有這樣一個弟弟，因此都慌了手腳。路子衝進正在寫功課的有理的房間。

「不得了了，羅爾夫叔叔說他來日本了。」

「那是誰？」

「爸爸最小的弟弟。」

「不認識。」

父親的手足全是兄弟，下面的弟弟在波恩一樣從事貿易，但從來沒聽他提過最小的弟弟。

「他說想暫時住在我們家，先把你的房間讓給他睡吧。」

「我不要，叫他睡客房啦。」

路子皺起眉頭：

「他說他帶女朋友一起來。除了床鋪，地上還要鋪一床被子給他們睡。」

有理的房間面對一樓的庭院，比客房還要大。

「德國人能睡日式鋪蓋嗎？」

「我才不曉得。房間不夠，沒辦法啊。」

路子生氣地應道。似乎是對突然連絡、平時根本沒有交流的丈夫的弟弟感到氣憤。而且那是凡事都對細節斤斤計較的父親的弟弟，所以招待更不能有任何不周。有理發現，這件事帶給路子的憂鬱，遠勝於迎接異國親戚的喜悅。

很快地，路子還沒有準備好，玄關門鈴就響了。路子的緊張傳染開來，有理也全身僵硬。年幼的眞理毫不知情，跑去開門。

門口處，一名黑髮垂在肩上、額頭綁著紅色頭巾的男子滿臉笑容地站在那裡。完全看不出年紀。當時父親四十歲，所以羅爾夫應該三十出頭左右吧。

T恤髒成灰色，牛仔褲似乎多日未洗，沾滿灰塵而泛白。巨大的赤腳上趿著皮革拖鞋。但那張臉上有著父親所沒有的特質，也就是熱情與幽默。有理立刻就喜歡上羅爾夫了。

「抱歉突然跑來。」他開口第一句就道歉說。

羅爾夫身後，一名嬌小纖細的女子探頭過來。是皮膚黝黑的亞洲人面孔。女子一頭長髮中分，露出野花盛開般的含蓄微笑。

「我是羅爾夫的女朋友，金。我們在泰國認識的。」

金穿著白色坦克背心和印度棉長裙。沒穿胸罩，背心透出底下的乳頭。有理嚇了一跳，別開目光。金伸出細小的手向路子握手。她穿著一樣的皮革拖鞋，以及注重功能、兩側有大口袋的大型背包。這兩個人不管怎麼看都是嬉皮。

路子鬆了口氣，向有理點點頭。那張臉在說：看這樣子，就算讓他們打地鋪，應該也不會埋怨，端出什麼都會吃得很開心吧。

傳來蘋果響亮的吠叫聲。牠正朝著羅爾夫瘋狂地搖尾巴。路子和有理見狀，面面相覷。除了父親以外，蘋果不跟任何人親，而牠居然一眼就愛上了羅爾夫。

「哇，好棒的狗。」

羅爾夫撫摸撲上去的蘋果碩大的頭。把前腳搭在羅爾夫的胸上開心不已的蘋果，背影看起來簡直就像一個大人。
「那是克勞斯的狗。果然認得出是兄弟呢。」
路子驚訝地喃喃說。
這天晚上，回家的父親和羅爾夫擁抱，爲了重逢而開心，但似乎也不是打從心底眞心高興。兩人實在相差太多了。
「哥，好久不見。」
「嗯，媽媽好嗎？」
「哥比我還清楚媽的狀況啦。我只會寄風景明信片回家而已。」
羅爾夫送了一個據說在印度買的水晶大象給父親，送給母親一塊綠色的布。至於有理和眞理，兩人收到在印度洋的海邊撿來的白色圓石。
「謝謝，很棒的紀念品。」
父親笑著收下，但那東西完全不符合父親的品味。不管再怎麼美，父親都討厭民藝品那類玩意兒。有理預測，那東西遲早會被收進臥室裡的抽屜深處，不見天日。可是路子很開心：

「可以用這塊布做件夏天的洋裝。」

她說著，一次又一次撫摸光澤的綠色布料。羅爾夫愉快地看著路子。我的母親很美對吧？有理私心感到驕傲。才三十出頭的路子，在兒子眼裡也一樣是個美女。

羅爾夫聊起旅途上的見聞。他三年前從歐洲大陸出發，穿過中近東、亞洲，總算來到了日本。他說接下來將前往美洲大陸，從大陸南下，穿越麥哲倫海峽。

有理默默地聆聽羅爾夫描述的漂浮在印度湖泊上華麗絕倫的飯店、漂過恆河的屍體等等。他尊敬父親，但羅爾夫更有親和力，他很喜歡。他心想，如果兩人可以融合在一起，就會是個完美的父親了。

「以後你也要一直旅行下去嗎？」

父親問，羅爾夫嚴肅地點點頭：

「嗯，我想這麼做。」

「為什麼？」

「哥不會懂的。」羅爾夫露出同情的表情。「旅行就像毒癮，一旦經驗過，就欲罷不能了。」

「我可不想沾毒。」

父親端正地放下咖啡杯。雖然領帶鬆開了，但父親還穿著白襯衫。

「哥個性認眞嘛。」

羅爾夫用表情模仿父親搞笑。金見狀輕笑了一下。

「不要在小孩子面前說什麼毒品。」

父親疾言厲色。

「羅爾夫，你在出去旅行之前，是做什麼的？」

路子打圓場地問，羅爾夫瞄了父親一眼。父親替他回答：

「這小子一直在流浪。他是無根的浮萍。」

「從來沒有在一個地方安頓下來過嗎？」

有理忍不住插口。父親交代過大人說話，小孩子不許插口，但他實在無法想像羅爾夫這樣的人生。

「以前有過。我在波恩出生成長，那個時候我很安分。上大學以後去了巴黎，接下來就不行了，就像這樣不斷地四處漂泊。我去了許多城市，邂逅形形色色的人，看到五花八門的生活方式。這眞的很棒。」

「是喔？好好喔。」

「你也想過這樣的生活嗎？有理。」羅爾夫問。

「不想。」這時候的有理搖頭否定。「我想安頓在一個地方生活。偶爾出去旅行是不錯啦。」

「哦？爲什麼？」

羅爾夫興致勃勃地看著有理。

「我也不曉得。」

沒想到這麼回答的自己，現在竟過著接近羅爾夫的生活。路子說的確實沒錯，自己跟羅爾夫很像。有理回想起那場快樂的晚餐，兀自苦笑。

回過神時，路子和伊藤正在挑選ＣＤ。

「媽，我累了，先去休息了。」

兩人同時回頭。

「晚安。我很期待後天的婚禮。」路子說。

「我也是。」有理回道。

「晚安。今天晚上謝謝招待了。往後也請多指教。」伊藤說道。

伊藤和有理握手。有理把兩人留在起居間，出去走廊。這個家往後也會愈來愈難待吧。但有理覺得反正自己不會再回來日本，無所謂，明明是建立起新的人際關係，卻感到一種彷彿舊事物被切斷般的落寞。他想到，或許羅爾夫會不斷地流浪，也是出於相同的心情。無法承受變化的人，會想要主動切斷關係。

4.

走到以前自己的房間的門前，有理又回想起一件事。

那是羅爾夫住在家裡的時候。

有理正準備去上學，發現把地理課本忘在自己的房間裡了，站在走廊上不知如何是好。那堂課的老師很凶，他無論如何都想帶課本去。可是羅爾夫和金應該還在睡。

有理在門前豎起耳朵。聽見細微的鼾聲。偷偷溜進去的話，或許不會被發現。有理立下決心，悄悄開門，這時一團東西從身後無聲無息地鑽了進去。是蘋果。糟了！有理焦急萬分，但爲時已晚。蘋果走到羅爾夫的床腳處，一屁股坐下來，就像牠平常蹲踞在父親的床邊那樣。

「蘋果，不可以，過來。」

有理小聲斥道，但蘋果根本不理他，撇過頭去。有理放棄叫牠，躡手躡腳走進陰暗的房間。他摸索著走到書桌的途中，看見鋪在地上的床沒有人睡，兩人交疊著窩在有理的小床上。

身軀龐大的羅爾夫就像抱著娃娃似地，把金整個人摟在懷裡睡著。蓋被掀開來，可以一清二楚地看見兩人的裸體。即使叫自己不要看，金的裸體仍烙印在有理的眼中。金完全沒有體毛。體型和身材完全就是個孩子。有理嚇了一跳，怔在了原地。

嗚嗚，蘋果發出低吼聲。似乎是想從有理的注視中保護第二個主人羅爾夫。有理連忙一把抄起書桌上的課本，跑出房間。結果路子站在走廊上。她表情嚴峻。

「你爲什麼跑進去？」

「我忘記拿東西……」

「忘記就算了。小孩子不可以進去大人睡覺的房間。」

「對不起。」

路子穿著鑲白色荷葉邊的圍裙，每一個荷葉邊都用熨斗燙得平整，讓有理看了感到難過。他知道父親喜歡這些習慣，卻不明白爲何這讓他感到難過。自己還是個小孩，這讓他痛苦。

「快點去上學。」

路子說，就要反手關上門。

「媽，不可以關門。」

「爲什麼？」

「蘋果跑進去了。」

「那頭笨狗！」

這時，屋外傳來汽車引擎聲。是父親要去上班了。路子連忙跑向玄關。有理覺得總算解脫了，經過走廊，這時蘋果從門縫跑了出來，撞開有理的肩膀，衝過短廊，跑向玄關。撞開兒子，趕著去送父親出門的野獸。有理痛恨牠的背影。母親討厭這隻狗，也助長了有理的憎恨。

有理呆了半晌，回神想要關上房間的門。結果房中的陰暗當中，站著全裸的羅爾夫。

「對不起。」

有理別開目光，羅爾夫溫柔地笑了笑，關上門說：

「沒關係。」

5.

自己是什麼時候殺掉蘋果的？

有理躺在懷念的自己的小床上，從敞開的窗戶望著夜空尋思。

躺在草坪上的蘋果，口中淌下鮮血死去。我是怎麼殺了牠的……？

不願意回想起來。有理從行李箱裡取出安眠藥，用威士忌沖進胃裡。

隔天中午左右起床時，路子正準備外出。

「睡得好嗎？」

腦袋仍昏昏沉沉。爲什麼會不斷地浮現出在柏林連想都不會想起的事？

昨晚有理幾乎被記憶的洪水給沖走了，這讓他感到十分奇異。

「是時差嗎？」路子問。

「好像是。」

有理把咖啡機裡的咖啡倒進馬克杯裡。路子擔心地看著他。

「媽，好奇怪喔。我怎麼會一直忘記羅爾夫叔叔的事呢？明明我那麼喜歡他。」

路子沒有回答。

「你啊，不要用酒配藥。」

「妳怎麼知道？」

「今天早上你打鼾打得像雷聲一樣，我很擔心。」

是酒和藥物模糊了記憶嗎？但有理並不想改掉這個已經成了習慣的壞毛病。

「媽要去美容院，午餐你自理。」

「媽。」

有理叫住看著烏雲密布的天空，從包包裡取出折疊傘又收回去的母親。

「什麼事？」

「羅爾夫叔叔寄給妳的卡片，都寫些什麼？」

「寫什麼？」路子語塞。「也沒什麼啊。」

「下次回德國見個面好了。」

「見誰？」

「叔叔啊。」

「爲什麼？」

路子把傘從皮包裡拿出來，放到桌上，一臉訝異。

「我想知道，爲什麼一大堆事情我都不記得了。」

「你想知道什麼？」

路子不耐煩地說。她瞄了一眼手錶，但有理覺得不是因爲時間快來不及了。

「像是爲什麼爸會拋棄我跟媽。」

「夠了！」

路子短促而強烈地丟下這句話，匆匆離開家門了。

有理還沒有說完，話卻被截斷了。是不是因爲自己殺了蘋果，所以父親恨他？是不是路子愛上了羅爾夫？

有理看小說打發下午的時間，等路子回來。明天就是婚禮，接下來伊藤就要搬進這個家了。如此一來，這個家應該就會變得和有理再無瓜葛。

電話響了。是伊藤打來的。

「有好好休息嗎？」

「有。我一直睡到中午。」

「那太好了。路子在嗎？」

「她去美容院了。應該很快就回來了。」

「這樣。那我晚上再打。」

「啊，伊藤先生。」

「什麼事？」

「婚禮結束後，你們要去蜜月嗎？」

「路子沒跟你說嗎？我們要去夏威夷五天。」

伊藤害臊地說。有理決定用這五天和這個家惜別。

「我回來了。」

路子歡欣的聲音傳來。有理闔上書本，等待母親進入起居間。

「妳回來了。」

「我都預約了，人卻好多，等了很久。這顏色如何？明天的婚紗是灰色的，所以我覺得輕一點的髮色比較好。」

路子展示染成亮褐色的頭髮。

「很棒，很適合妳。」

「回到家就有男人會稱讚你，真是不錯。」

「很快就會變成這樣了啊。」有理微笑。「欸，媽，妳記得羅爾夫叔叔送妳的那塊印度的綠布嗎？」

「嗯，這麼說來，他送過我那種東西呢。」

路子回過頭。有理發現，只要一談到羅爾夫，母親就會緊張。

「妳用那塊布做洋裝了嗎？」

「沒有。問這個做什麼？」

「妳那麼喜歡那塊布，爲什麼沒有做？」
「你幹嘛在意這種事？」
「只是好奇羅爾夫叔叔是什麼時候、爲什麼離開的。」
「不記得了呢。他不是住了兩、三個禮拜嗎？」
路子曖昧地含糊其詞，進去廚房了。有理追了上去。
「媽，妳爲什麼會跟爸離婚？告訴我理由。」
「你爲什麼想知道？」
路子伸頭看冰箱裡面，不肯面對這裡。
「是不是因爲我殺了那隻狗？因爲被爸發現了？還是爲了別的理由？」
路子吃驚地抬頭：
「你誤會了。」
「什麼意思？」
路子站起來，「砰」一聲關上冰箱門。她筆直地轉向有理，憐憫地看著他：

「因爲那隻狗是我殺的。」

「才不是，是我用爸的高爾夫球桿把牠打死的。」

路子可能是更煩躁了，厲聲說：

「或許是吧。可是在你打牠之前，我就對牠下毒了。」

有理屏息注視著路子臉上顯現的凶暴神情。

「妳爲什麼這麼做？」

「因爲牠對你做了壞事啊。」

路子丟下這句話，接著便進去自己的臥室，一直沒有出來。

午夜過後，終於下起雨來了。有理從房間窗戶看著庭院。庭院陰陰暗暗，不同於過去，雜草恣意叢生。但有理一清二楚地在其中看見了那一幕。

蘋果倒在草坪上，吐著舌頭，嘴邊流下一條血跡。有理就像這樣，從房間裡看著那團黑色的身影。那是九月的某個傍晚。依然熾烈的陽光灼烤著蘋果。

父親就快回來了。會被罵死的。一想到這裡，有理就怕得渾身哆嗦，怎麼也止不住。可是，用父親的高爾夫球桿毆打蘋果的頭的人，千眞萬確就是自己。

下午放學回家一看，家裡沒有半個人。路子好像去幼稚園接眞理，羅爾夫出門了。庭院裡，蘋果在車庫後面睡覺。只有那裡，草坪的草長長了一些。蘋果把鼻頭塞進變長的草之間，正睡得香甜。有理躡手躡腳經過庭院，免得吵醒牠，這時殺意驀地湧上心頭。

爲什麼自己要被這種狗嚇個半死？牠乾脆就這樣死掉最好。有理返回玄關，抓起父親的高爾夫球桿跑到庭院。蘋果還沒有醒來。有理用力揮起球桿，惡狠狠地朝蘋果的大頭砸下去。球桿砸中堅硬的頭蓋骨反彈回來，但他看到眉心的位置凹陷下去。蘋果微微睜眼。有理再次揮起球桿，全力敲擊下去。然後把球桿用草葉摩擦乾淨，放回原位。

如果路子說的是眞的，那麼有理等於是打了被下毒衰弱的蘋果。確實，敏捷聰明如蘋果，不可能會乖乖任由一個九歲小孩從背後攻擊頭部。

都怪蘋果對他做了壞事。

有理關上窗戶。瞬間，雨聲遠離。有理注視著自己的床鋪。

「因爲牠對你做了壞事啊。」

路子這話，又開啓了記憶的門扉。可是，那是他想要遺忘的惡夢。

那是什麼時候了？是羅爾夫還住在家裡的時候。

金先一步回去泰國了，全家爲她辦了一場小小的歡送會，事情就發生在那一晚。

「房間還給你囉。」

羅爾夫過來對有理說。

「沒關係，給叔叔睡。」

「不，要是你又跑進來拿東西就麻煩了。」

「對不起。」

「沒事啦。」羅爾夫調皮地眨起一邊眼睛。

羅爾夫搬到客房去了。就是從那天晚上開始，蘋果會在夜半進入房間，蹲踞在有理睡覺的床下。牠把有理和羅爾夫搞混了。

「走開啦！」

有理覺得自己在夢中這樣大喊。可是，蘋果不會聽他的命令。牠豎著耳朵，蹲在地上直盯著有理看，彷彿要從黑暗中飛撲上來。有理嚇得發抖，然後睡著了。

可是到了早上，他總是覺得那是在做夢。因爲蘋果就像平常那樣趴在起居間，圍著父親歡鬧。狗不會開門，所以或許是做夢。因爲有理實在太害怕蘋果了，才會連做夢都夢到牠。有理覺得這反映了自身的怯懦，不敢把這件事告訴任何人。

不曉得第幾天的夜晚，有理因爲呼吸困難而醒了過來。蘋果在舔有理的下腹部。他驚恐得猛地爬起來，結果蘋果壓在有理的身體上，俯視著他。蘋果想要咬他的喉嚨。有理嚇得心臟都快停了。

「救命……」

他好不容易出聲，蘋果一溜煙跑掉了。房門微微敞開。有理以爲自己做了惡夢，打開床頭燈。床上掉著黑色的狗毛。

有理趿上拖鞋，衝上二樓。

「爸！」

他敲打主臥的門，一會兒後，門打開了。可是只開了一條小縫，室內流洩出幽微的檯燈光線。有理想要探頭看裡面，父親便按住了門。有理悟出不可以看。

「怎麼了？」

「蘋果跑來我房間。」

一說出口，淚水便泉湧而出。

「蘋果？」

「牠每天晚上都跑進來，想要咬我的喉嚨。我好怕。」

這時，房間裡傳來路子的聲音：

「克勞斯，你去看看。」

「一定是做夢。」

「可是……」

「妳太寵小孩了。」

路子的聲音顯然是哭音。父親的聲音很像調教蘋果時的語氣。兩人一定是在吵架。他們沒空管我。有理想到要在黑暗中一個人回去房間，害怕得哭了出來。

「怎麼了？」

羅爾夫從裡面的客房出來查看。有理懷著求救的心情望向羅爾夫，父親卻嚴厲地說：

「沒事，羅爾夫。晚安。」

羅爾夫聳了聳肩，立刻就回去房間了。

「爸……」

「男孩子不可以爲了這種事就哭。蘋果，爸會罵牠。」

父親說完就把門關上了。房門關上的聲音。有理覺得這道關門聲，就是父親拒絕他的聲音。

有理回到房間，好陣子睡不著覺，聽見了說話聲，悄悄走出房間。起居間亮著一盞小燈，羅爾夫和路子在那裡說話。路子在哭，羅爾夫爲難地以手覆額。有理躡手躡腳地回去自己的房間，無聲地飲泣。

隔天早上，因爲威士忌和安眠藥而睡得像灘爛泥的有理被人聲吵醒了。路子站在枕邊。

「快點起來，婚禮要遲到了。」

「我知道。」

「今天天氣晴朗，太好了。」

路子一把拉開窗簾。初夏的陽光盈滿了整個房間。路子春風滿面，彷彿忘了昨晚和有理的對話。相反地，有理心情沉重。

喝完咖啡，穿上路子爲他燙整的西裝禮服。路子化好妝，穿上亮灰色的絲質禮服。很適合她。

「媽，妳今晚就要去蜜月旅行嗎？」

路子靦腆地笑：

「對啊。你想在這裡待多久都行。」

「我會在你們回來之前離開的。」

「爲什麼？」

路子的表情轉爲悲傷。

「因爲，這裡是伊藤先生跟妳的家啊。」

「這裡是你的家。你要永遠住在這裡也行。只要你願意的話。」

這裡不是有理的家。有理的家是柏林狹小的公寓。

「不，我不打算再回來了。我不想再看到那個房間、看到蘋果死掉的庭院。」

路子假裝沒聽到，拿起和禮服搭配的皮包。但她立刻死了心，轉向有理：

「我說有理，有些事情是不用記得的。你最好不要勉強想起來。」

「勉強想起來？」

「對。如果能夠忘記，那是最好的。」

「爸拋棄我的事，我一輩子都忘不了。」

路子驚訝地抬頭。被禮服襯得明艷照人的臉色化為蒼白。

「你真的這麼以為嗎？你並沒有被拋棄啊。」

「爸因為我把狗殺了，所以不原諒我。」

「克勞斯沒有發現狗的事。」

路子斬釘截鐵地說。

「那，為什麼他只帶走眞理？」

「那是因為我求他把你留下來。」

有理注視著路子。路子一次又一次點頭，說：沒錯，就是這樣。

「為什麼媽想要我留下來？」

「你想跟你爸一起走嗎？」

「我不知道。可是我一直相信爸拒絕了我。他為了蘋果的事而不原諒我。」

「原來是這樣嗎……」路子垮下肩膀。「我一直以爲那件事一定傷了你，所以想把你留在身邊。我不想要你去德國，但你終究還是去了。」

「那件事是什麼事？媽跟羅爾夫叔叔的事嗎？」

有理知道路子陷入驚愕，近幾崩潰。

「那，你是想要跟羅爾夫一起走囉？」

路子無法隱藏遭到背叛的表情，低下頭去，接著從抽屜裡取出一疊老舊的信件。

「這些是羅爾夫寄來的聖誕卡。」

有理望著被塞進手中的一疊信件。都是些平凡的圖案，寫著無傷大雅的內容。住址在波恩。但從美國寄來的最早的卡片上這麼寫著：

『我對有理和妳眞的很抱歉。我會一輩子乞求妳的原諒。羅爾夫。』

這時傳來車聲，緊接著玄關門鈴響了。好像是伊藤來接路子了。片刻間，路子一語不發地看著有理，接著彷彿回心轉意，走向玄關。這是兩人最後一次提到往事。

6.

婚禮三天後，有理回到了柏林。

從飛機上看出去，底下被一片閃耀的厚重白雲所覆蓋，完全看不見柏林的街景。有理馬上就知道現在是傍晚時分。這種雲出現時，短暫而美麗的夏季就會造訪柏林。

在公寓的房間裡，有理猶豫了老半天，最後打了聖誕卡上的電話號碼。最新的賀卡上的住址在波恩。立刻有道男聲接聽了電話。

「請問羅爾夫在嗎？」

「我就是。」

「羅爾夫叔叔，我是有理。卡爾．有理．利希特。」

「噢，有理！我記得你，你好嗎？」電話彼端傳來羅爾夫懷念的渾厚嗓音。「你現在幾歲了？」

「二十九歲。」

「路子好嗎？」

「三天前她跟日本人結婚了。」

「這樣啊。太好了。」羅爾夫爽朗地說。「你會跟克勞斯見面嗎？」

「沒有，一次也沒有。」

「那太可惜了。我們住在同一個城市，但也好陣子沒見面了。」

羅爾夫的聲音變得消沉。

「如果叔叔方便，可以見個面嗎？」

「當然好。太開心了。」羅爾夫的聲音立刻轉爲歡欣。

「我要去哪裡找你呢？」

「晚上的話，我在店裡。白天的話，來我家找我。」

羅爾夫說出店裡的住址，一再叮囑有理一定要來。

幾天後，有理搭乘火車前往波恩。他去了羅爾夫告訴他的店，發現是一家郊區的俗麗小酒吧。藍色霓虹燈上的店名是「羅爾夫的店」。

有理遲疑地走下陰暗的階梯，進入地下的店。結果櫃台內一名中老年男子倏地回頭。水手帽、橫條紋T恤、牛仔褲。雖然外形是男人，眉毛卻剃得很淡，用眉筆描繪，還塗了口紅。視力似乎不好，瞇著眼睛看著這裡。

「來來來，請進。」

是羅爾夫。他似乎沒認出有理，擺出媚態，請他在吧台椅子坐下。只有頭髮黑得不自然，可能是染的。有理沒有進去，只揚了一下手就折返了。黑色頭髮的狗。長年折磨著少年時期的自己的可怕感受一口氣爆發出來，雞皮疙瘩爬滿了手臂和背部。有理衝上階梯，跑出大馬路。夜黑覆蓋著石板地街道。有理快步前行，只想盡快融入其中。

蛇夫

OPHIUCHUS

ジオラマ

人生總是會發生意想不到的狀況。

儘管睦美向來抱持這種心態，卻也已經無可無不可地活了四十五年，在她的想像力範圍內，這只是一句人生金句。話又說回來，她也不是個樂天派。對於能夠想像得到的不幸，比方說病到只剩下半年壽命，或是遇到交通意外，她都有了心理準備，自認爲活得兢兢業業。

但是和學生時期開始交往的同齡的丈夫和睦地生活，也沒有孩子的睦美，每一天都過得波瀾不驚且無趣。兩人的關係就宛如電梯廂，維持著相同的容積，每一天就只是在名爲日常的大樓裡上下移動。這樣的日子終有一日會結束。對睦美來說，人生就是這麼回事。

太陽西斜後，風便陡然變冷的五月某個星期日。

睦美和丈夫靖史久違地去附近的場地享受打網球，接著繞了點遠路，去了販售進口食品的時髦超市採買。一對熟門熟路的男女，將從未看過的南國水果和昂貴罕見的食品隨手放進購物籃裡。睦美覺得夫妻倆一定也讓旁人感受到這樣的圓滑與老到，驕傲不已。假日歡暢的滿足感一直持續著。

「欸，阿靖，晚上要不要吃壽喜燒？」

睦美問著，但猜想反正丈夫會交給她決定。沒想到靖史卻想離開噴出冷氣、寒冷到骨子裡的鮮肉賣場。

「比起壽喜燒，我比較想吃鰹魚。剛上市的新鮮鰹魚。」

睦美驚訝地看靖史。靖史討厭吃魚，對魚也幾乎毫無知識，婚前去壽司店的時候，他甚至不知道TORO就是鮪魚肚，是鮪魚的一部分，惹得她哈哈大笑。

「你明明討厭吃魚，怎麼會突然想吃？」

「不曉得，年紀的關係吧。」

靖史裝傻地說，睦美濃情蜜意地看著丈夫。比父母手足都更親、也不會彼此較勁或傷害、沒有血緣的「血緣關係」。兩人之間，應該就像中華料理的最後一道手續勾芡那樣，裹著濃稠的芡汁。這是名為「命中注定」的芡汁。

結果兩人買了炙燒鰹魚生魚片和白酒等等，分享著打完網球舒適的疲倦感和充實感回家了。睦美注意到仍映照著橘色夕陽的起居間裡，電話錄音的燈號在閃爍。按下按鈕，傳出讓人聯想到甘露的年輕女人嬌滴滴的嗓音：

「喂？我叫廣田美保。今天打電話來，是想要告訴太太我的事情。我跟靖史已經交往了一年了，但他最近對我很冷淡，打電話給他他不接，寫信也不回。我覺得做爲一個人，這樣實在太沒禮貌了。我是眞心誠意在跟他交往，他卻這樣對我，我絕對不會原諒他。我想他一定不敢把我的事告訴太太，所以雖然過意不去，但還是想告訴妳一聲，所以打電話給妳。晚點我會再打過去。」

睦美盯著電話機，呆了好半晌。她感覺好像被什麼人給高明地欺騙了。沒錯，就像錄影機偷藏起來嚇人的電視節目。靖史就站在旁邊，套在T恤外面的刷毛衣如布偶般柔軟的布料摩擦著睦美的手臂。靖史氣憤難耐地高聲大喊：

「那是個瘋女人！」

睦美慢慢地仰望靖史的臉。靖史正用右手拉扯右耳垂，這是他困窘時的習慣。枉費了睦美正要相信這只是「整人節目」。

「或許是瘋女人吧，但有人會打電話撒這種謊嗎？」

自己意外地平靜，讓睦美感到驚訝。她反而比較想向廣田美保明確地問清楚狀況，而不是聽靖史解釋。然而靖史又說：

「她有病，不要相信她。」

「廣田小姐是你公司的人嗎？」

「不是。」靖史用力搖頭。動作很孩子氣。「她是個自由作家，不紅的作家。」

靖史開了一家編輯經紀公司，但他從來沒有這樣說過工作上合作的對象。

「那，你跟那個人有關係。」

「不，才沒有。」靖史否定，瞬間電話響了。靖史飛快地抄起電話：

「妳到底想做什麼？卑鄙的人是妳！妳才該負起責任！」

靖史以壓抑怒氣的聲音說。這瞬間，睦美悟出一切都是真的。

「是妳自作多情，一廂情願地編造我們的關係。不，不行，我不會讓妳跟我太太說話。誰曉得妳會胡說些什麼。」

靖史用力按在耳上的話筒傳來女子模糊的聲音。破裂般的聲音：「怎麼這樣！」「那我要說……！」

「我來聽。」睦美抓住緊抓著話筒不放的靖史的手。「拜託，讓我聽。要不然沒完沒了。」

靖史彷彿突然失去戲份的演員，滿臉屈辱地遞出話筒。睦美維持著威嚴，說了聲「喂」，確實地握好話筒。

「啊，不好意思，驚擾妳了。」女子順馴地說。

「廣田小姐，請問妳幾歲？」

「三十一歲。」

「聽說妳是自由作家？」

「對。揭開這種事，我眞的很抱歉。可是，靖史把我的工作案子也拿掉了，我眞的很困擾。我自己都過三十歲了，正面臨緊要關頭，總之是這種狀況。所以我原本壓根沒想過要跟太太說這些的，但實在是氣不過……」

睦美不經意地回頭，靖史正坐在廚房餐桌旁垂頭喪氣，就和丟在桌上也沒拆開包裝，表面變成黑色的炙燒鰹魚生魚片一樣。

「他是從去年夏天開始來我的住處的。他說我這裡很舒服，幾乎都泡在這裡。所以我整個人對他死心塌地，無法離開他，說想要跟他一起生活。結果他就說：好啊，如果能跟我太太離婚，我們就在一起。這是眞的。他眞的這麼說過。我不是爲了讓太太痛苦，或是讓妳不舒服才撒謊瞎說的。他眞的對我說過這種話，他眞的很隨便。我只是希望太太瞭解這一點。」

「請問，廣田小姐。」睦美突然說出疑問。「他會吃魚嗎？」

「會啊，說比雞豬牛那些更喜歡。」

「這樣啊。我們夫妻先自己談一談，我先掛電話了。」

睦美封住美保說個不停的聲音，放下話筒。聽到掛電話的聲音，靖史鬆了口氣似地抬頭。睦美走去盥洗室。因爲她想到回家以後，連手都還沒有洗。靖史跟了上來。

「對不起，眞的很抱歉，小睦，我心裡只有妳一個人。我眞的只愛著妳一個人。請妳明白。好嗎？妳要明白啊！」

睦美推開靖史，坐到馬桶座上，鎖上門，抱住了頭。她仍無法相信自己的人生會發生這種事。

隔天早上，靖史敗給了一句話都不肯說的睦美，出門去了。彷彿算準了時機，廣田美保又打電話來了。

「昨天驚擾妳了。」

「看來妳說的是事實，這是沒辦法的事。不過既然妳也是大人了，請不要打擾我們。就算妳要求負起責任，責任應該雙方都有吧？」

「喔……」美保聲音陰沉地回應。「我並不是要求太太跟靖史離婚那些。只是，我想要一個更有誠意的回答。」

「他是向妳暗示說，我們就只有夫妻倆，沒有小孩，所以離婚也無所謂嗎？」

「他常跟我說：我們一起遠走高飛吧。去北海道的時候，他也說我們就這樣一起私奔，不要回去了。說一起變成北海道的熊，在森林裡快樂地生活吧。」

靖史去北海道出差，是去年秋天的事。靖史一如往常開心地回來，買了薰衣草的入浴劑送她。不過他居然會說什麼要私奔、變成熊？睦美覺得好笑，笑意情不自禁地浮上面龐。明明靖史最討厭那種童話般的比喻或故事了。

「他跟妳是怎麼相處的？總覺得事情太突然了，我完全無法想像。」

「怎麼相處喔……我也不曉得該怎麼說。不過我們年紀相差很多，他好像很想教育我，還會買書叫我看。」美保舉了幾本暢銷書的書名。和靖史推薦睦美看的書一樣。美保惡意地補了句：「靖史很喜歡啓蒙別人呢。或許這證明了他已經是個大叔了。」

「我不想問這種事，不過妳應該沒有爲他墮胎那些吧？」睦美果決地問出口。

「這是沒有。可是靖史是個虐待狂，我曾經差點被他弄傷。」

「什麼！」睦美以爲自己叫出來了，但幸好沒有眞的說出聲音。這才是她完全沒料到的事。

「說這種事眞的是很丟臉啦，可是靖史說，他從一開始就看出我有被虐傾向。太太也是吧？不是嗎？」

不同於昨天傍晚，美保上午的聲音粗粗的，就像在戶外喝的摻進沙子的咖啡一樣。可能是聽出睦美倒抽一口氣的聲音，美保連忙說：

「啊，對不起，我這話太多餘了。」

「不會，沒事。可是，妳說他差點弄傷妳，是怎麼回事？」

「喔，有時候他會掐我的脖子。有一次做得太過火了，狀況滿危險的。」

向睦美傾訴靖史的事，一定讓美保覺得很痛快，但奇妙的是，睦美也想聽美保脫口洩漏的靖史的事。儘管不想聽到兩人的性事，但靖史其實與自己認知中的男人截然不同，這件事讓她感到匪夷所思極了。後來美保也不時打電話來。

數星期後的某個夜晚，喝了酒回來的靖史早早就上床睡覺了。靖史似乎並不認爲睦美全面原諒他了，但至少睦美沒有提出要離婚，好像讓他放下心來。這時電話響了。

「我是美保。抱歉這麼晚打來。」

「怎麼了？」

儘管覺得兩人的關係未免太古怪，但睦美總是會接聽美保的來電。

「我很快就講完。就是，我在雜誌上看到有趣的報導。不是有十二星座嗎？聽說可能會變成十三星座，妳知道嗎？」

「不知道耶。」

「聽說會增加一個蛇夫座。很恐怖對吧？就是，蛇夫座會變成天蠍座和射手座中間的星座。所以靖史不再是射手座，會變成蛇夫座。只是要告訴妳這件事而已。」

美保留下宛如嘲笑的笑聲，掛了電話。不是射手座，而是蛇夫座。睦美望著鼻翼泛著油光酣睡的靖史的臉。這也是她意想不到的事。蛇夫。明明從來沒有親手摸過蛇，睦美卻想像起一把抓住濕滑的白色大蛇的重量，突然感到一陣強烈的嫌惡。不知不覺間，她用力搥了靖史的背一下。才剛睡著就被吵醒的靖史一臉不悅地睜眼：

「哎唷，嚇我一跳。幹嘛啦？」

「你是蛇夫。」

靖史沒應話，再次閉上眼睛。和相信了二十幾年的男人完全迥異的男子就在眼前，背對著自己。然而睦美的雙手仍被沉重冰涼的蛇體纏繞著。要怎麼樣才能把它甩開？人生總是會發生意想不到的狀況，睦美抱著看不見的蛇，重重地嘆了一口氣。

全景模型

DIORAMA

ジオラマ

外頭下著春雪。是飽含水分，感覺結晶會在空中融解的沉甸甸雪花，力量不足以形成積雪。溝口昌明呆呆地看著天空，想像著雪花不斷地被吸入黑土的景象。

從九樓的這一戶看不到地面。雨總是直線水滴，雪則是白色斑點簾幕。路面是否泥濘了？積了多厚的雪？一切都只能從天空的狀況想像。但藍天化爲明亮的螢幕照亮心扉，陰天則是讓人心情平靜。

能夠像這樣只看著天空，是住在高樓公寓令人驚喜的意外發現。這樣的生活起初讓他覺得足不點地，感到排斥，但現在他已經愛上了。三十七歲的昌明時隔許久地沉浸在幸福中，回頭望向妻子。

美津子正在沖泡特地去百貨公司買來的芳香進口紅茶。茶具組是美津子帶來的嫁妝，叫什麼麥森的瓷器，是高級貨。平常都花枝招展地擺飾在餐櫥櫃裡。

「那很少用呢。很貴吧？」

昌明用眼神望向茶具組說。兩人在寬闊的客廳裡的餐桌相對而坐。

「是啊。我記得我好像把獎金全部拿來買這個了。可是我覺得結婚以後，星期天會想要像這樣泡個茶，所以買下來了。」

美津子抬起生氣勃勃的目光說，彷彿像這樣泡茶讓她喜不自勝。她現在一定也和自己一樣，感受到微小但溫暖的幸福。

成家以後，有時會有這樣的時刻。像是一起看著嬰兒的睡容、看著妻子在廚房細心地挑豆芽菜的時候。因爲太稀鬆平常了，或許會被年輕人取笑，但只要經驗過，應該都會明白，這種因爲有了心愛之人，反過來得到心靈支柱的喜悅。

昌明觀察妻子。白皙的皮膚和略垂的大眼睛很可愛。但三十四歲的現在，眼角有了魚尾紋，變成一種慈祥的面相。生下兩個孩子後，全身冒出了贅肉，不再適合穿牛仔褲了。

但這又如何呢？美津子就像自己熟悉珍惜的公事包和車子一樣，是每天的生活不可或缺的寶貴存在。想到這裡，昌明忽然發現自己居然把妻子和物品相提並論，笑了出來。

「怎麼了？有什麼好笑的？」

「沒事。」

美津子把斟滿紅茶的杯子和檸檬薄片端到昌明前面，在自己的紅茶裡倒入熱牛奶。昌明片刻注視著在美津子的杯中畫出漩渦的牛奶。

「慎一幾點回來？」

「這個嘛，」美津子看看壁鐘。「大概三點吧。」

「麻奈呢？」

「四點去接她。」

九歲的慎一去參加足球比賽，五歲的麻奈受邀參加附近朋友的慶生會。

這是夫妻倆久違獨處的星期日午後。

「你在想什麼啦？」

美津子笑著看昌明。昌明心想她的眼角更垂了。

「沒什麼啊。」

他正覺得妻子令人憐愛，想要立刻跟她上床。

「怎麼了啦？」

美津子啜了口紅茶，盯著昌明的眼睛。看起來也像在引誘他。

「要上床嗎？」

「才不要呢。」美津子笑了出來。「孩子馬上就要回來了，會提心吊膽的。」

昌明早知道美津子會這麼回答。但是等孩子們都睡著後才開始的行爲實在過於慣性，沒有意思。昌明如此尋思著，忽然對大白天的情慾感到羞恥，一眨眼慾火便熄滅了。讓男人感到幸福的平穩家庭的味道，也是與情慾無緣的。昌明再次望向天空。不知不覺間，雪中夾帶起雨絲來。

「看樣子會變成下雨呢。會不會停呢？」

「天氣預報說會停。都四月了還下雪，眞是討厭。」

美津子厭煩地蹙眉。N市每到入冬，總是冰封在大雪中。好不容易積雪融化，冒出泥土，緩過一口氣，冬天卻盤桓著不肯離去。

「欸，你不覺得在青葉公寓買房眞是做對了嗎？」

美津子啃著餅乾說，發出清脆的聲響。

「嗯，對啊。」

昌明沒什麼勁地回應。只是有了眺望天空的喜悅而已，沒什麼大不了的感慨。比起高樓公寓，他更想要有寬闊庭院的獨棟透天厝。

他們買下青葉公寓的一戶，是約一年前的事了。在這之前，一家子都住在銀行的公司宿舍。宿舍屋齡雖老，但格局寬敞，房租又便宜到難以置信。只要再繼續住宿舍忍耐個一段時間，應該就可以存到買透天厝的頭期款了。昌明對宿舍沒有任何不滿，美津子卻吵著說要——不，「應該要」買青葉公寓。因爲她實在太強勢了，昌明幾乎是因爲拗不過而答應了。

美津子會想要住在青葉公寓，理由是「地位不凡」。青葉公寓位在鄰近鬧區的高級住宅區，四房二廳一廚的格局，四千萬的價位，在N市超出行情。最重要的是，青葉公寓只賣給醫生、律師及部分上市公司員工，因此相當出名。

但是在這方面，昌明也有自己的說法。他工作的N銀行，是N市無人不知的一流企業。地方銀行的宿舍，往往都顧慮到當地人的觀感，不願蓋得太張揚，但他們銀行不一樣。宿舍交通方便，占地卻媲美公園，相當廣大，屋齡雖然老了，但室內寬闊豪華。知道這件事的當地人都稱它「N銀住宅」，羨慕不已。能夠住在那裡，本身就是一種地位象徵。美津子也是，剛結婚的時候，不是還開心地說「這下我也可以住進N銀住宅了」嗎？

「老公，你眞的覺得買了這裡很好嗎？」

美津子擔心地看昌明。

「當然啦。只是有時候會想，何必搬出宿舍呢？妳也是，一開始不是也很喜歡宿舍，說在朋友間面上有光嗎？」

「一開始是啊。可是宿舍不是有庭院嗎？我討厭那個庭院。公寓沒有庭院，輕鬆多了。」

「怎麼會？宿舍就是因爲有庭院，所以很受歡迎啊。」

宿舍是小巧的二層樓建築物兩兩背對，每一戶都有自己的小庭院，員工都說可以養狗或種菜，讚不絕口。昌明也買來草皮種植，或是把鄰居送的玫瑰嫁接，頗爲享受拈花惹草之樂。

「太太們都很討厭院子。因爲每到入春，地面就變得一片泥濘。那景象不覺得很淒慘嗎？」

昌明回想起自己剛才還在想像落下雪花的地面。他強烈地覺得，懷念泥土地觸感的情緒，似乎接近一種本能。

「哪裡就到淒慘了？泥土不是很好嗎？」

妻子的發言讓昌明介意。

「可是晾衣服的時候要小心爛泥，小孩子也會玩得渾身泥巴，老是弄髒玄關，而且乾了以後就變成沙土亂飛，真的不需要什麼庭院。」

女人的觀點還眞是天差地遠，昌明想。

「公寓還有很多好處。隨時都可以丟垃圾，這點眞的很棒。」

「可是垃圾妳不是都叫我丟嗎？」

昌明反駁說。丟垃圾是昌明負責的家務，必須在早上八點前拎到宿舍的垃圾場去，否則就沒有人收了。因爲禁止在夜裡丟垃圾，因此這差事便落到穿戴好準備去上班的昌明身上。

「對你是不好意思啦。」

「也沒什麼不好意思的啦。」

「因爲宿舍的太太們都說，整個宿舍，就只有妳家老公願意幫忙丟垃圾。或許我們家在那裡格格不入。」

昌明覺得突然被拉回了現實。就像加了檸檬的紅茶色澤變淡一樣，先前憐愛美津子的柔情逐漸變得稀薄。因爲買了公寓，在宿舍建立起來的人際關係都斷了，讓他覺得彷彿被拋進了不同的圈子，那種懸在半空中的感受又重回心頭。

住在公司宿舍，確實有許多麻煩的地方，但也有好處。住宿舍可以清楚地掌握到上司與同事的興趣和家庭組成、生活狀況。如此一來，就能贏得上司的關照，和同事也多了幾分情。

昌明的職場，有種被人際關係綁得緊緊的拘束感。有愈多當地關係和人脈的人在公司愈有利，對於有關係的人，也會特別敬重。所以會冷落外地人，器重一路往上爬的當地人。再加上總裁的方針是希望銀行就像一個大家庭。美津子在婚前也是同一家銀行的行員，應該非常清楚這樣的羈絆。兩人是十年前在職場認識結婚的。

「丟垃圾這點小事，才不會讓我們格格不入呢。」

「就是會。看起來沒什麼的小事，意外地會呈現出那個家庭的全部。像次長的太太，一次都沒有曬過棉被。她說因為家裡睡的是西式床鋪，所以不必曬被子，可是其實是因為她白天也在睡覺。他們家的小孩也是，老是穿著髒兮兮的帆布鞋，在學校也經常忘記帶東西，實在很散漫。還有，每星期一次，不是要全宿舍一起清掃社區嗎？掃完以後就要去部長家喝茶。負責泡茶的是課長太太，她都一定在即溶咖啡裡加兩匙砂糖。她最喜歡這種一板一眼的規矩，每個人都一定放兩匙糖，量都是固定的，我們課長代理或基層員工根本不敢說不要。她泡的咖啡甜得要死，難喝得要命，但大家都拚命喝完。更要命的是，她會端出甜的古早味零食。明明買蛋糕什麼的比較好，卻老是準備古早味零食。那個窮酸得要命的喝茶儀式，眞是讓我痛恨死了。」

「妳從來沒跟我說過。」

「說了會得罪人吧？」

「不會啦。」

美津子看著昌明，懷疑的眼神就像在說：「是嗎？」昌明覺得總算理解美津子無論如何都想要搬進青葉公寓的理由了。因爲可以維持相同的地位，卻能免去許多麻煩事。

「原來如此。那，那些宿舍太太不會來這裡做客吧？」

「只有本田太太來過好幾次。她非常羨慕，說也想要買這裡。」

本田的妻子以前是美津子的同期同事。她們在宿舍好像也是最要好的，但諷刺的是，本田和昌明不太對盤。昌明是N市土生土長，從當地國立大學畢業，一畢業就進了銀行，從來沒有踏出過N市。但本田是返鄉組，從東京的都市銀行跳槽回來。他老愛把「在東京是怎麼樣」掛在嘴上，所以昌明總覺得他瞧不起地方銀行，令人不爽。不管是去本田家玩，還是本田夫妻來做客，兩個男人都只能看著妻子們聊得興高采烈，彼此的對話卻有一搭沒一搭，尷尬萬分。

「除了她以外，沒有別人來嗎？」

「其他的都只來過一次而已。是眼紅我們家成功逃離那裡了。」

美津子在兩人的杯中斟入第二杯紅茶。紅茶從優美的茶壺口滴到白色的桌巾，形成污漬。逃離喔？昌明懷著複雜的思緒看著那塊茶漬。他完全沒發現美津子居然那麼渴望搬出宿舍。是自己太遲鈍了嗎？他正欲反省，這時傳來男孩尖高的聲音：

「我回來了！」

啊，回來了！美津子的表情亮起，開心地看向昌明。

「怎麼這麼早？」昌明問衝進家裡的兒子。「比賽怎麼樣？」

「輸了。不管那個，爸，我們去公園！」

愼一心急地脫掉連背部都沾到泥巴的羽絨外套，上氣不接下氣地對父親說。愼一全身散發出戶外空氣的寒氣與濕氣。

「這種天氣，我不想出門耶。」

昌明回頭查看天色說。不知不覺間，雨夾雪化成了綿綿細雨。慎一拉扯昌明的毛衣：

「可是我們好久沒去了。一起去鄉土資料館嘛。」

「不行，那邊四點就關了。」

「什麼嘛，人家還用跑的回來耶。」

昌明經常帶兩個孩子去市內公園裡的鄉土資料館。那裡的庭園有復原後的繩文及彌生時代的住居，小孩子們非常喜歡。

「爸可不記得有答應說要去。」

「你說雪融了就要帶我去的。」

「有嗎？」

「那下星期去，說好了喔！」

慎一不滿地咂舌頭說，跨過脫下的羽絨衣，去盥洗室洗手了。昌明感覺寧靜的時光被打破了。他還想再和妻子多聊聊宿舍的事。他望向妻子，但她忙著撿拾兒子的羽絨衣和包包等，已經不再留意丈夫的視線了。

不久後，麻奈比預定時間更早從慶生會回來了。最近邀請的一方似乎會贈送回禮，麻奈得意地向愼一炫耀凱蒂貓圖案的筆記本和手帕。愼一想要搶，感覺兩人隨時都會爆發爭吵。昌明覺得麻煩，交給美津子去調解，坐到沙發上，閉上眼睛準備小睡。

洗完澡後，昌明外出買香菸。

雨已經完全停了，看得到許多星星。大氣溫暖鬆弛，四下飄著瑞香的芬芳，讓人難以想像午後還下著雪。春天到了。昌明心情明朗，悠哉地踩著潮濕的柏油路，前往附近的超商。

「七星一包。」

昌明在櫃台買菸，自動門左右開啓，一名女人走了進來。昌明忍不住望向那裡，目光被吸引了。因爲女子染了一頭鮮艷的紅髮。而且是彷佛紅花的芯般帶橘的紅，就像一頂訂製的安全帽，貼合地覆蓋在女子頭上。店員也望向女子，但可能因爲是年輕人，沒有驚訝的樣子，繼續從收銀機拿出找錢。

女子應該習慣招引不客氣的眼神了。她滿不在乎地回視昌明。細眼的眼梢飛揚，看起來很強勢，但嘴唇就像熟透的果實般飽滿柔軟。那樣的不平衡，讓人感覺到一種危險的美，是一張不可思議的面容。但是不年輕了。看到眼睛下方的黑眼圈，昌明估算應該是二十後半到三十出頭。

被燃燒的紅髮襯得蒼白透明的臉上，搽著和頭髮同色系的蜜柑色口紅。豹紋人造皮革大衣底下是黑色高領衫，大衣衣襬下若隱若現的裙子，則是鮮艷的黃綠色。昌明平常一起生活起居的妻子從來不穿原色系衣物，光是這樣就讓他大受衝擊。

世上還眞有這麼招搖的女人。

這是昌明率直的感想。女子瞪了昌明一會兒，彷彿在接受挑戰，但很快便抓起黃色的購物籃，消失到店內去了。昌明假裝翻週刊，偷偷窺看女子的背影。女子的身高約到昌明的肩膀，並不算高。但因爲踩著十公分高以上的長靴，感覺一舉一動比一般男人更要威風凜凜。是自己一輩子無緣的女人——昌明想，把周刊放回架上，走出外面。

短短幾分鐘就回到公寓了。路上昌明想起女子奇特的形貌及強烈的眼神。如果住在公司宿舍，天天去銀行上班，幾乎不會有機會遇到職場以外的人。頂多就是融資貸款的公司客戶。他穿著樸素的西裝去銀行，妻子們也都一樣，穿著打扮是無害的粉色系。假日的樂趣，不是跟工作上的人一起去打高爾夫球，就是跟家人開車去家庭餐廳或百貨公司。這樣的生活容不下標新立異。這麼說來，晚上一時興起，一個人出來超商買東西，也是難得會有的行動。

這裡有著不被監視的輕鬆呢，昌明感覺到小小的解放感。但代價是沉重的房貸風險，而且有種被擠出熟悉親近的世界的不安，也是事實。

昌明出席迎新會，沒喝得多醉就早早回家了。自從搬出宿舍，遷進公寓以後，他就不再跟同事續攤，甚至續第三攤了。別人也不太邀他了，他覺得這是因爲他已經脫離了一起上班、一起回家的共同體生活模式。但如今回顧，也覺得過去的生活相當不自然，到了令人難以置信的地步。

「你回來了。」

出來玄關迎接的美津子愁眉不展。都已經十點多了，她卻還沒有卸妝。

「你好早就回來了。」

「是啊。說是迎新會，但今年新人很少。史上最少，只錄取了三十人。

十七個男生，十三個女生。」

「三十個！」美津子說不出話來。「我們那時候是五十五個人。景氣眞的很差呢。」

昌明脫鞋，自言自語地說：

「只要撐過這關頭，總會好轉吧。N銀行不可能倒閉的。」

「萬一倒閉就糟了。還有房貸要付呢。」

「是啊。倒閉是不可能的事。」

兩人經過走廊，小聲說話。孩子們老早就睡著了。等美津子進入客廳後，昌明對著她的背影開口。不知是否心理作用，美津子的肩膀無力地垮著。

「喂，出了什麼事嗎？」
「看得出來？」
「當然啦。」昌明點點頭，轉向美津子。他猜測一定是出了某些麻煩事，戒備起來。銀行員那種只求相安無事的習性已經深入骨子裡了。
美津子緊緊地抱著水藍色休閒服包裹的手臂，下垂的眼角束手無策地垂得更厲害，眉頭擰緊。昌明覺得她這副模樣格外顯老。
「快點說啊。慎一怎麼了嗎？」
「差不多。」
昌明不耐煩，丟下手中的公事包，美津子「噓」地豎起指頭抵在嘴上。
「樓下的來抗議了。」
「咦！」正在鬆領帶的昌明吃了一驚。「樓下的住戶嗎？」
「對啊。今晚慎一跟麻奈大吵一架，在家裡跑來跑去，結果馬上——馬上喔，門鈴響了，說：『我是八一一的住戶。』我一開門，門外就站著一個女人，說：『我從以前就一直想要抗議，你們家小孩的腳步聲太吵了，打擾到我了。』口氣超可怕的。自顧自說她的，而且好凶。我只能跟人家賠不是。然後她還抗議麻奈彈鋼琴很吵，我打掃陽台的聲音也很吵。」

「什麼跟什麼啊？」

昌明氣憤地一屁股在沙發坐下來。他們的日常生活並沒有那麼粗線條。因爲在宿舍也必須顧慮左鄰右舍，因此他有自信他們的生活絕對不會造成別人的困擾。這分明是在挑毛病。太沒道理了。

「喏，不敢相信對吧？因爲這棟公寓，介紹文案上不是標榜隔音完善嗎？我們家是最頂樓，所以或許感受不到，可是有必要說成那樣嗎？那是要叫人家怎麼過日子嘛？」

「是對方太神經質吧。」

「欸，可是怎麼辦才好？明天是不是應該帶點什麼去跟對方賠個禮？」

「不必做到這樣。」

昌明滿肚子火。如果借用美津子的詞彙，他好不容易才剛有了「逃離」的自覺，正準備好好享受這裡的生活。這讓他覺得遇上了意外的伏兵。

「可是，我常看到那個人，遇到了不是很尷尬嗎？」
「這樣啊。是怎樣的女人？」
「你不知道嗎？有個頭髮染成紅色，很招搖的女人啊。看過一次就忘不了。」
前幾天在超商遇到的神祕女子的身影浮現在腦中。
「哦，那個女人。」昌明說道。「我也看過她。前陣子我去超商買菸的時候看到，嚇了一跳。」
「喏，很奇怪的人對吧？年紀都那麼大了，還學年輕女孩把頭髮染成大紅色。剛才也是，都卸了妝，臉上都沒眉毛了，卻滿不在乎地上門來抗議。邋遢地穿著粉紅色T恤，套著橘色的褲子，手還插在褲袋裡，態度超差的。我也被她搞得好生氣。這裡居然住著那種人，到底是怎麼搞的？明明賣房子的跟我說這裡住的都是醫生律師。我們也是因爲在N銀行上班，才能住進這裡的。那個人到底是做什麼的？而且她好像一個人住。難道其實只要拿得出錢，什麼人都能買這裡嗎？」

「搞不好她是醫生或律師。」

「才不可能！」美津子把昌明的玩笑話當眞，怪叫起來。「絕對不像。」

「開玩笑啦。要是有那種醫生、律師還是一流企業員工，我倒想見識一下。我不曉得她幾歲，但既然買得起這麼貴的公寓，八成不是做什麼正經工作的。別管她。」

「可是，萬一她又來抗議怎麼辦？」

「別理她。要是她來抗議，去跟管委會說就好了。」

「說什麼？」

「說有個住戶奇裝異服，拉低我們社區的格調。」

「再怎麼說，我也不可能去跟人家說這種話。」

昌明是說笑的，但腦中想起對他投以挑釁眼神的女子那冰冷的面容，發現自己正認眞地在想，有沒有什麼方法可以治一治那個女的。

這天晚上，昌明鑽進妻子的床上。夫妻倆只有週末才有肌膚之親，因此都快睡著的美津子發出驚呼：

「怎麼了？」

昌明默默地撩起美津子的睡衣。可能是突然感覺到寒冷的空氣，以豐滿的乳房尺寸而言偏小的乳頭挺立起來。昌明用力捏起乳頭，美津子「啊」了一聲，想要往上掙脫。昌明按住美津子的頭，抓住她的下巴，吸吮她半張的嘴唇，就像要堵住她的聲音。有牙膏和唇膏的味道。

壓制著掙扎的妻子，昌明覺得就像在侵犯陌生的女子，一反常態地堅硬勃起。他從來沒有用這種方式和妻子溫存。和美津子的性愛，只要重複熟悉的動作，就能輕易獲得高潮，是令人安心的行爲。

看到美津子彷彿在看陌生男子的驚恐眼神，昌明更加狂暴了。他急躁地連同內褲一起褪下美津子的睡衣長褲，把摸到臉部夜用乳霜而變得濕黏的手指插入下體。雖然還沒濕，但他不理會，強勢插入。

「好痛！」美津子尖銳地喊道。「你太粗魯了。」她小聲抗議。

「叫大聲一點。」

昌明晃動腰板，在美津子耳畔細語。

「不要啦。」

似乎是擔心會被兒童房裡的孩子聽見。平常自己也會擔心這一點，這時昌明卻不管這麼多，命令：

「叫出聲來。」

「爲什麼？」

「別管那麼多，叫出來。」

他一把抓住乳房。「啊啊！」美津子大叫。昌明感覺陰道一下子濕滑起來，內部開始蠕動。

「再叫大聲一點，讓樓下那女人聽見。」

「你這傻子。」美津子細語，那聽起來像陌生女子淫穢的呢喃。昌明發現自己一意識到樓下的女人，瞬間便興奮爆表，頗爲驚訝。

此後，昌明每天早上和晚上都在尋找那名紅髮女子。他急切地想見到她，主動說她個一兩句。昌明完全不知道要怎麼提出抗議才好，但是那個女人成了他的眼中釘、肉中刺。但可能是作息時間不同，不管是早上去上班還是下班回來，都沒看到那個女人。他心想女人或許會去，還特地跑去超商，卻也沒再見到她。

他也查過信箱上的姓氏了。只用羅馬拼音寫著 IWAKIRI 而已。岩切嗎？好怪的姓氏。就連這都成了讓他氣惱的對象。紅髮女子到底是做什麼的？昌明急躁地想要揭開她的廬山眞面目。

到了和愼一約好的星期日。

昌明開車載著愼一和麻奈去公園裡的鄉土資料館。氣溫十五度，終於轉爲春意盎然的和暖日子了。冬季期間，由於積雪，公園庭園停止開放，因此孩子們很久沒來了，非常開心。

「爸，我們去那邊探險！」

愼一拉著麻奈的手指著庭園說。庭園是一片被高聳的混凝土牆包圍的蓊鬱森林，其中有復原的繩文時代豎穴式住居及彌生時代的高床式倉庫等等。由於可以自由進出，成了孩子們絕佳的遊樂場所。

昌明望著雪融後幾乎時隔半年又重見天日的庭院。樹木的新芽、黑土中點點冒出頭的草綠格外鮮艷。木蓮開始綻放白花，小池塘邊也盛開著水仙花。種植在各處的染井吉野櫻花，花苞開始鼓脹起來，昌明耀眼地仰望著這些。冬季期間褐色乾涸的樹幹，似乎又變得濕潤黝黑。

「春天到了呢。」

慎一對父親這樣的感慨毫無興趣。

「不快點去，房子會被其他人搶走。喏，爸在這裡等我們。」

「我待在這裡看那個。」

昌明指著鄉土資料館深處的陰暗房間說。

「哦，全景模型喔？」慎一瞭然地點點頭。「爸就喜歡那個呢。」

「不可以去池邊喔。」

昌明向跑掉的兩個孩子的背影叮嚀，四處走看鄉土資料館的展示物。說是資料館，也只是陳列著這一帶出土的土器、箭鏃、人骨等展示品而已，展品從昌明小時候就幾乎沒有換過。它們褪了色，甚至蒙上了一層薄灰。說明板也是最近才換成白色的板子，以前是用奇異筆寫在泛黃的圖畫紙上。

昌明就像既定的儀式般，巡了一圈他再熟悉不過的展示物，再走向裡面的房間。房間裡有幾名像觀光客的參觀者，但說著「什麼嘛，根本是騙小孩的東西」，很快就走掉了。確實是騙小孩的東西，昌明想。

房間裡有一座全景模型，大略區分為舊石器時代、繩文時代、彌生時代、古墳時代。深約一公尺，寬約一．五公尺的玻璃櫃裡，是重現各時代生活狀況的模型。雖然是用紙黏土、紙和布做成的稚拙模型，但昌明很喜歡看它們。

他尤其喜歡的是舊石器時代。

以被夕照染成紫色的群山為背景，用人偶呈現舊石器時代的家族樣貌。遠方有一座形似富士山的山，山似乎正在噴火，拉出長長的白煙。原始時代的傍晚時分，一名男子正狩獵歸來。

男子穿著獸皮縫製的簡便服裝，蓄著鬍子，長槍前端掛著幾隻獵到的兔子。男子舉起一手，是在向出來迎接的三個孩子通知有獵物吧。男子獵到兔子，肯定鬆了一口氣。他似乎充滿了平安回到家的喜悅。孩子們都繫著腰布般的獸皮，圍在男子身邊跳來跳去。

像是住居的洞窟前生著一堆火。一名白髮女子注視著用紅布製作的火焰，正在燒烤貝類。另一個人，像妻子的女人正從洞窟旁邊的樹木摘下果實放進籠子裡。妻子回頭，對著男人笑。

昌明凝視著狩獵歸來的男人的臉。褪了色的塑膠人偶。雖然滿臉鬍鬚，但他認爲男子應該意外地很年輕。假設他二十七歲左右如何？和自己相差十歲。那麼，妻子也是，雖然已經生了三個孩子，但或許才二十五歲左右。兩人都比他們夫妻還要年輕太多，卻認眞地過著生活。

昌明毫不厭倦地看著應該已經看過數十次的全景模型。不管是年代考證或生活的重現考證應該都相當草率。用顏料畫出來的背景褪了色，紙黏土許多地方都露出白色的底胚，十分老舊。就像觀光客說的，就連小學生的成果展，都不會端出這麼拙劣的東西吧。

可是每一次觀看，昌明都爲上面展現的生活深受感動。

他們和自己一樣過著生活。外出賺錢，養活妻兒。自原始時代開始，男人一直都是如此。男人的勞苦、驕傲與安心，他感同身受。上個星期天，自己從公寓窗戶眺望天空，感受著渺小的幸福，覺得妻子令人憐愛。那種感受，是否就和這全景模型中的男子一樣？

這天有些不同。不知不覺間，昌明在全景模型當中尋找那名紅髮女子在哪裡。沒有紅髮女子存在的空間。昌明想像，或許這一家人的住處後方，還有另一座小洞窟，女子就住在那裡。可是，不會有任何人爲那個女人狩獵。

在這個時代，那種女人只有死路一條。

昌明覺得獨自一個人生活的女子很可悲。沒有男人依靠的女人，只有死路一條。想到這裡，他感到心頭痛快了一些。

隔天星期一，昌明準時上班。

N銀行的正面玄關是有百年歷史的厚重石造建築，在市中心的商業區也格外醒目。內部已經改建爲方便使用的現代建築，但老闆認爲外牆是企業的門面，一鎚定音，保留下來。昌明私心很中意這威嚴獨具的正面玄關，甚至覺得通勤來這裡上班本身就是種榮耀。每次進公司，就由衷慶幸自己在總行上班。

剛走上幾階邊緣磨損的大理石階梯，就有人從後面叫住他：

「溝口，早啊。」

回頭一看，本田站在那裡。

「咦，本田，你什麼時候調來總行了？」

本田是分行長代理，去年就調到郡分行，留下家人一個人去上任了。

「哦，今天早上有分行長會議，分行長有事，我替他出席。」

本田跑上石階，來到昌明旁邊。本田總是筆挺地穿著樸素的深色系西裝，繫著深藍色系領帶，予人的印象是精明但沒有個性的銀行員。

「這樣啊，今天週一嘛。」

「好久不見了。」本田圓滑地笑道。「太太好嗎？」

「很好，託你的福。」

兩人並肩往前走，乘上電梯。本田七三分的頭髮塗滿了髮油，在狹窄的電梯裡，髮油的氣味格外濃烈。這傢伙都沒發現自己的髮油有多臭嗎？昌明看著本田的背影，慢慢地步出電梯。

「公寓生活如何啊？」

本田笑咪咪地回頭問，就像在跟客戶應酬。

「很不錯。只是不清楚當天的地面狀況，挑選鞋子很麻煩。」

「哈哈，也是呢。府上在九樓是嗎？」

「是啊，景觀是非常棒啦。」

「哦？那也看得到阿房山嗎？」

阿房山是這一帶山形最美的山。昌明有些不甘心地回答：

「不，阿房山在另一邊。」

「這樣啊。哦，我那口子好像去府上打擾過很多次，她很羨慕呢。」

「你也務必過來坐坐。我一直很期待你來，卻很難請得動你。」

「我會找時間過去打擾的。我跟你不一樣，在鄉下地方跑嘛。不過，你知道現在正值存亡危急之秋吧?」
本田壓低了聲音說。昌明一頭霧水,露出詫異的表情。本田說「來一下」,把昌明帶到走廊角落。
「因爲是你,我才透露,這件事請不要告訴任何人。」
昌明滿頭問號地點點頭。
「其實,東京傳來消息,說這裡危險了。」
昌明是營業課長代理,負責融資等業務,但從來沒聽到任何人提起N銀岌岌可危的消息,也沒有這種風聲。他在胡說八道些什麼?昌明感到氣憤。萬一這種不負責任的傳聞傳出去了,搞不好會引發擠兌風波。
「是眞的。我們這裡也不例外,受到泡沫經濟拖累,被不良債權的重擔壓得喘不過氣。還有那個高爾夫球場融資的問題。」
昌明納悶不解。N市因爲沒有大型當地產業,因此N銀反而是被迫分散投資,健全經營。背負鉅額不良債權,以及投資高爾夫球場而虧損是事實,但昌明認爲那不是多嚴重的經營危機。

「不會有事的。雖然現在業績確實相當低迷。」

「可是，我們總裁不是個獨裁者嗎？身邊的人也都對他唯唯諾諾。聽說他就是罪魁禍首。」

「什麼事都怪到獨裁經營者身上就行了嗎？」

「唔，不管是人還是企業，都得遭遇挫折才會成長嘛。」

「這也是東京來的消息嗎？」

昌明對本田那種評論家口吻感到排斥，挖苦地說。本田瞬間露出困惑的表情，但立刻揚手道歉：

「抱歉，我太多嘴了。不過，事情也不是說來就來，所以你也多多留意吧。畢竟你才剛辦房貸不是嗎？」

「謝謝你好心忠告。」

就算本田叫他小心，這也是根本不可能發生的事。昌明滿臉不悅地進入業務課的辦公室。辦公室裡，一成不變的工作正等著他。

這天晚上，昌明遇到了那名紅髮女子。

今天是一週之始的星期一，卻得加班，昌明筋疲力盡地回到公寓。晚餐沒空吃，回家可能也沒東西吃，他懷著空虛的心情衝進即將關上的電梯，結果那名紅髮女子就在電梯裡。女子穿著光滑的紅色漆皮大衣，蹬著鞋頭又尖又細的藍色皮鞋。

「妳好。」

在毫無預期的情況下遇到女人，昌明一陣錯愕。之前明明那樣卯足了勁，準備見了面要說她幾句，然而實際見到本人，卻說不出半句想要說的話。女子看似以眼神回禮。不，或許單純地只是垂下目光。昌明同時按下「關」和「9」的按鈕。他感覺女子的目光停留在上面，大起膽子問：

「那個，我是住九樓的溝口。」

「我知道。」

女子厲聲回道。那低沉的嗓音和尖銳的口吻把昌明嚇了一跳。頭髮染成鮮紅色、服裝招搖，說話的口氣卻是公事公辦，截然不同於這些所帶來的想像。他任意以爲紅髮女子會是更輕浮躁動的。

「吵到妳的話，眞的很抱歉。」

女子默默點頭，開始檢查塗成藍色的兩手指甲。隨著電梯上升，意識到女子沒把他放在眼裡，昌明漸漸怒火中燒起來。

「我說，這樣說或許失禮，但妳說的是眞的嗎？我們家日常生活都很小心的，所以到底製造了多大的噪音，我實在很好奇。」

「那你要來聽聽嗎？」

女子冷冷地說。

「咦？」

昌明反問。

「可以聽到很多聲音。你要來聽聽嗎？」

女子別有深意地扭曲蜜柑色的嘴唇微笑。昌明回想起前陣子的晚上，爲了讓樓下的女人聽見而在床上粗魯地對待妻子的事，內心驚慌她是在譏諷嗎？接著又轉念覺得不可能，對自己的膽小感到厭惡。女子觀察著昌明的慌張。昌明甚至覺得她的表情浮現出「痛快」兩個字。

「比方說什麼聲音？」

「所以說，你自己來聽聽就知道了。」

電梯抵達八樓。開門的同時，女子先走了出去。彷彿被那團紅色給慫恿一般，昌明的腳自己行動了起來。女子頭也不回，一副昌明跟上來是天經地義的樣子。昌明躡手躡腳地經過和自己的住處樓層一模一樣的八樓走廊。

「請進。」

女子開鎖。瞬間，昌明連自己都感到驚愕。一個懂得分際的男人，怎麼會呆頭呆腦地跟到獨居女人的家裡面？他發現，一開始對自家生活起居的聲音聽起來是什麼樣的興趣，被女子是什麼人、過著什麼樣的生活的好奇給取代了。他強烈地想要一窺這名女子在格局和自家一模一樣的住處，過著什麼樣的生活。

從味道就不一樣。彷彿孢子在空中飛舞般的霉臭味，以及動物棲息的巢穴般的溫暖氣味。昌明探頭窺看陰暗的住處深處，對於偷窺女子棲息的家感覺到一種祕密的歡愉。首先映入眼簾的，是塞滿脫鞋處的許多鞋子。男人的昌明看都沒看過的形形色色的鞋子覆蓋了地磚。光是往旁邊折倒的長靴，就有黑、褐、白三雙，其他還有高跟鞋、低跟鞋、運動鞋，雜亂得彷彿有幾十人在裡面開派對。

因爲連踏腳的地方都沒有，昌明忍不住踉蹌，手扶在鞋櫃上方，結果臉旁就是一座熱帶魚的大水槽。被水中蒼白的螢光燈照亮，一條鯰魚般黏滑的土色淡水魚橫過昌明眼前。昌明嚇得後仰。水槽旁邊水洩不通地擺滿了觀葉植物盆栽，有些茂盛的藤蔓垂下鞋櫃，也有些已經枯萎。喜歡整齊的昌明無意識地撿起掉在紅色高跟鞋裡的枯葉，放到鞋櫃上。

「有客人嗎？」

「不，沒有人。」

「鞋子好多。」

「前陣子我看到你家了。」女子在狹窄的空間脫下藍色鞋子，回頭說道。「鞋櫃上掛著那個，叫石版畫嗎？還擺著人造玫瑰花，沒有一雙鞋子放在外面，很整齊。」

那口吻像是責備。美津子喜歡居家雜誌上看到的那種簡約的玄關。

「打擾了。」

昌明想要脫鞋，但甚至找不到讓他脫鞋的空間。他總算在門附近找到一點空位，把黑色皮鞋疊放在那裡。

客廳和昌明家一樣，有七坪大，但一樣放滿了各種物品。漆成粉紅色和藍色的展示櫃上，是數量龐大的香水瓶收藏。衣架上五顏六色的衣物掛在牆面上，甚至有金絲刺繡的長袖和服。昌明無法整理躍入眼簾的色彩，感到頭暈目眩。他退後一步，差點踩到掉在地上的黃色洋梨，連忙撿起來，結果令人驚訝的是，那是塑膠製的飾品。地板上其他還有葡萄、蘋果、芒果等等。客廳罩著粉紅色布套的大沙發上，感覺麻奈會喜歡的動物布偶密密麻麻地排成兩列。

女子的住處，是由數量驚人的物品構成的巨大叢林。昌明幾乎快被物品的洪水沖走，怔立在原處。

「冒昧請教，妳是做什麼的？」

女子邊脫大衣邊看昌明。大衣底下，是和鞋子同色的光澤化纖迷你裙。紅髮和那身衣物十分相襯。

「我是賣古著的。最近也開始賣這類雜貨。一下子就開了三家店了。」女子冷冷地說出店鋪所在的路名。「景氣很好。」

所以年紀輕輕就能在這棟公寓買下一戶嗎？昌明驚嘆。

「嚇到了對吧？這裡就像倉庫嘛。」

「原來如此。」昌明再次張望散亂著雜多物品的住處。「難怪。」

「聽。」女子指著天花板說。「有聲音。」

昌明歪頭，側耳諦聽。是美津子穿著拖鞋啪噠啪噠走來走去的聲音。聲音走向廚房，甚至聽得到冰箱門關上的細微聲響。

「一定是從冰箱裡拿飲料，邊喝邊看電視。她還沒有洗澡。因爲連洗澡的聲音都聽得到，我知道。」女子交抱手臂瞪著天花板，自言自語地說。「就像你聽到的，我連你們家的生活是什麼狀況都知道。」

「抱歉，以後我們會小心。」

昌明道歉，感受卻十分奇妙。在這個房間正上方，毫不知情的妻子正走來走去。身為丈夫的自己在正下方聽著那聲音，和推理妻子活動的女人在一起。

「你的腳步聲我也一聽就知道了。」

女子定定地看著昌明的眼睛，叼起香菸。眼睛盯著他，身體扭轉，從地上的皮包取出打火機。這時，昌明發現她的洋裝背部整個挖空。白皙的皮膚覆蓋下的纖細肩胛骨動了一下，又恢復原狀。昌明懷疑女人是故意秀給他看的，手足無措。

「聽得出來嗎？」昌明問。

女子似乎不在意昌明的驚慌，把布偶挪來挪去，陷進沙發似地坐下去。

「聲音很沉，聽得出來。會知道：啊，那個人回家了。你會先在玄關停一下，然後進入客廳，接著像這樣坐到沙發上，對吧？坐上一陣子，再去洗澡。我說得對不對？」

女子說著，模仿動作，重新坐回去。

昌明答不上話，看著女子吞雲吐霧。紅髮、蒼白的臉孔、蜜柑色的嘴脣、白皙的背、藍色的衣服、藍色的指甲。點綴女子的色彩，以及女子口中說出來的事實，讓昌明幾乎失去了現實感。沒想到自家正下方住著一個種類與妻子南轅北轍的女子，還能分辨出自己的腳步聲。

昌明忘了先前還揚言要投訴管委會的事，被女子所幻惑，目不轉睛地注視著她。如果把她剝光，會是什麼模樣？胸部很小，但腳似乎意外地粗。若是卸去妝容，會顯現出什麼樣的面貌？頂著一頭紅髮，恥毛卻是黑色的嗎？想到這裡，昌明幾乎要慾火中燒起來。他連忙說：

「我知道了，以後我們會注意。」

昌明回到玄關，穿上鞋子，衝出女人的住處。他沒有搭電梯，而是直接跑上樓梯。走公寓樓梯，也是他第一次的經驗。

「我回來了。」

踏進玄關一步，這個空間和女子的住處僅隔一片地板相連的事實，又讓昌明有了奇妙的感受。女子的住處是異次元異世界，住在那裡的女子也是神祕的異生物。一想到女子在那處叢林抱著手臂瞪著天花板，分辨自己的腳步聲，昌明就感到一股酥麻的歡喜。

「你回來了。」

頭戴浴帽的美津子一臉睏倦地出來迎接。她穿著平常的水藍色休閒服和格紋褲，是絕對不會違背預期的安定打扮。驀地，美津子看起來整個人褪了色。

「我今天加班。」

「看來是呢。你要先洗澡嗎？」

「沒關係，妳先洗。」

「好喔。」

美津子憋著哈欠，消失在浴室裡。昌明故意重重地踩出腳步聲經過走廊，就像要讓底下的生物聽見。

隔週星期一，N銀行宣告破產。

原因就如同本田私下告訴他的，是大量不良債權的重擔，加上對包括高爾夫球場在內的度假地開發案的鉅額融資，導致無可挽回的赤字，終於面臨破產。總裁亂無章法的經營手法，似乎也召來大藏省④殺雞儆猴式的處分。雖然倉促決定由以前他們瞧不起的弱小的N信託銀行承接業務，但據說幾乎所有的行員都會失去頭路。

包括昌明在內，這對幾乎所有的行員都是青天霹靂。原以爲絕不可能的事居然成眞，這教人無論如何都無法接受，昌明逼問部長。因爲以前住宿舍時，彼此是鄰居，部長算是他比較可以對等說話的對象。

「到底是什麼時候就發現的？」

「我也是上星期才在會議中知道的，相信我。」

「上星期的什麼時候？」

「星期一。」部長抱住花白的頭。「我的小孩才剛上大學啊。我都這把年紀了，不可能會有地方要我。」

上星期一，不是本田來總行參加分行長會議那時候嗎？本田告訴自己事實，自己卻壓根不信。自己的愚蠢，讓昌明椎心刺骨。這世上沒有什麼事是不可能的。有誰想像得到，半年後自己就會失去工作？

即使設法謀得新職，唯一確定的是，不可能指望維持目前的收入水準。除了銀行業務以外，昌明沒有其他技能。想到公寓的房貸，以及往後孩子們的教育費，昌明茫然自失。很快地，他將面臨忙碌的善後處理，甚至無暇煩憂這些吧。然後一旦從這些雜務中被解放，就會陷入失業這個他從未想像過的境遇。

這天晚上，昌明漫無目的地在酒家閒晃。他並不想買醉。他是在逃避回家告訴美津子銀行倒閉這個事實。明天的早報應該就會刊出消息了，美津子

④大藏省為日本二〇〇一年以前的最高財政機關，現在分割為財務省及金融廳。

知道也只是時間的問題，但一想像美津子會有多震驚，他更覺得難以承受。

昌明一個人走進蕎麥麵店，喝了啤酒。他去了小鋼珠店，卻疑神疑鬼地覺得這段期間，同事或許也正在努力求職，坐立難安。

昌明懷著無處排遣的心情，結果還是回到公寓了。才剛過九點，所以美津子還沒睡。昌明乘上電梯，慣性地按了「9」，但電梯一動起來，他立刻按下「8」這個數字。他對自己辯解：只是想在坐電梯的時候按一下而已。

電梯順暢地抵達八樓，廂門打開來。昌明在門重又關上的前一刻跑出電梯。他站在八一一號室前。這時他第一次發現，就和信箱一樣，門牌上也寫著IWAKIRI。他遲疑了一陣，按下門鈴。

「哪位？」傳來女子有些沙啞的低沉嗓音。

「我是溝口。」

房門打開，女子探頭出來，帶出了像霉臭又像動物體味般的有機氣味。不曉得是不是居家服，她穿著橘藍粗橫紋相間、裙襬長及腳踝的棉布洋裝。是一件像長T恤般拖沓的古怪衣服。她好像剛洗完澡，臉上的妝卸掉了，沒有眉毛，但看起來反而年輕。

「怎麼了？」

女子警覺地看昌明的全身。巴爾瑪肯大衣、炭灰色西裝、黑底碎紋領帶。她看著不管怎麼看都是個上班族，而且服裝無彩乏味的昌明。昌明啞著聲音說：

「方便打擾一下嗎？」

女子微微蹙眉。

「不方便也沒關係。」

昌明猛地回神。自己到底想要做什麼？萬一被妻子發現就糟了，萬一被銀行知道，要如何辯解？平時的怯懦又回來了。然而同時他想到：還有什麼好糟糕的？反正銀行都倒了，妻子或許會跟失業的自己離婚。這麼一想，一切都變得空虛極了，為這些事煩心的自己讓他想笑。就在這瞬間，女子以意外強勁的力道拉扯昌明的大衣袖子。

昌明再次站在色彩與形狀一片雜亂、沒有一樣物品相同、宛如洪水般的空間正中央。電視機開著，洋片錄影帶播到一半暫停。

是蝙蝠車正駛過積雪的陰暗城市、被巨大石像圍繞的道路場面。昌明想起他跟兒子一起看過這部電影。《蝙蝠俠大顯神威》。記得有企鵝和貓女。

「抱歉，打擾妳休息了。」

「沒關係，我在看電影。」

「蝙蝠俠對吧？」

「我最愛這部電影了，看了大概有一百次。」

「這部片很精彩呢。」

昌明敷衍地同意，女子正經八百地搖搖頭：

「才不，很悲傷。」

「有什麼悲傷的情節嗎？」

「瑟琳娜不是死而復生，回到自己的住處嗎？她從冰箱裡拿出牛奶，一邊喝牛奶一邊流出來，聽著電話錄音那一幕，我每看必哭。」

那一幕有那麼讓人難過嗎？昌明一手插在大衣口袋裡，拿著公事包，呆呆地看著靜止的畫面。在這個充斥著原色的房間裡，只有螢幕畫面接近黑白。

女子消失到某處。昌明站在電視機前，無所事事，不知所措。他側耳想要聆聽樓上的動靜，但廚房傳來更多刺耳的聲音，阻礙了他聆聽。片刻後，他發現是女子從冷凍庫裡拿出冰塊。

「要喝酒嗎？」

「好的，謝謝。」

「坐啊？」

昌明脫下大衣折好，就像女子之前做的那樣，把布偶挪到一旁，在罩著粉紅色布罩的沙發坐下來。女子用綠色的塑膠托盤，端來大玻璃鉢裝的冰塊、伏特加和柳橙汁。女子用遙控器關掉電視，看向昌明說：

「出了什麼事嗎？」

「對不起。說來見笑，我們家銀行倒閉了。」

「哪家銀行？」

「N銀行。」

「怎麼可能！」女子大吃一驚。「以前我跟N銀行申請貸款，結果沒過，架子大得很呢。」

「很抱歉。」

「你是說真的嗎？」

女子用揚起的細眼瞪昌明。

「我不是在開玩笑。」昌明自己拿起伏特加倒進杯子裡，直接喝了。首先是喉嚨灼燒，接著食道熱辣起來，酒液抵達胃部的時候，身體微微暖了起來。「啊，感覺特別美味。」

女子觀察了昌明的模樣片刻，接著揚聲笑了出來：

「倒閉是很慘，可是也覺得有點好笑。」

「好笑嗎？哪裡好笑？」

「哪裡好笑呢？抱歉，我也不知道。」

女子笑著，抹去眼角的淚水。昌明回想起剛才的種種心情轉折：想到萬一被發現自己拜訪女人家就糟了，焦急萬分，接著又覺得自己的狼狽才是毫無意義，陷入自嘲。他覺得女子覺得好笑的感受，可能也近似於此。昌明突然覺得如釋重負，歪頭說：

「好笑嗎？確實。看我慌成這副德行嘛。」

「看不出來啊。」

「不，我是六神無主了，或者說茫然無措，不曉得該做什麼、怎麼做才好。」

昌明喃喃說。女子默默地在自己的杯中放冰塊倒柳橙汁，滴入幾滴伏特加，用食指攪了攪。昌明把頭部直徑約有四十公分的凱蒂貓大布偶抱在懷裡，又喝了一大口伏特加。

「我在這裡做什麼呢？明明得快點回家跟老婆報告說。」

「沒事的。你太太正在看電視，應該還不想聽到這種消息。」女子指著天花板說。「小孩有一個好像睡著了。另一個剛洗完澡。」

昌明點點頭。那種奇妙的感覺，妻子在正上方，家人在那裡生活，而自己和女人一起待在正下方，然後妻子不知道這件事，那種妖異的情感復甦了。昌明無意識地仰望天花板。上面現在正一片寂靜。他想：丈夫受到如此重大的打擊，美津子在做什麼？

「我叫岩切千繪。你連我叫什麼都不知道吧？」

抱著膝蓋坐在地上的女子說出自己的名字。接著拉下長T恤般的洋裝，蓋住腳尖。小巧的膝頭清晰地浮現出來。女子叫什麼都無所謂。他只是強烈地想要觸摸女子的紅髮。他正要伸手，千繪回過頭來，一臉奇異地看著昌明。

「怎麼了？」

昌明終於摸了千繪鮮紅色的娃娃頭。在超商看到的時候，覺得就像安全帽一樣堅硬，實際一摸，髮絲卻纖細柔軟。

「抱歉，我實在很想摸摸看。」

「爲什麼？」

千繪生氣地說，眼睛卻帶著笑意。

「因爲顏色很漂亮。」

「少騙了。你一定覺得我是個怪女人，心裡很瞧不起對吧？這棟公寓的每一個住戶都是這樣。這明明根本沒什麼，路上到處都是。」

「沒什麼嗎？」

「銀行員動不動就用外表來評斷一個人。」

千繪這話令人意外，昌明吃了一驚。但他想起第一次聽到千繪的聲音時，覺得意外的違和感。原來那股違和感的眞面目，就是這麼回事嗎？

「會嗎？我不會去評斷妳。」

「評斷是最困難的，所以必須特別愼重。」

千繪以深思熟慮的銳利眼神盯著昌明。那老成的口吻讓昌明慌張。自己深信的一切，在這天晚上轟然崩潰。

「妳可以坐這裡嗎？」

他拉著千繪的手，讓她在沙發坐下來。千繪順從地坐下，奇異地看著昌明的臉。片刻之間，昌明只看著千繪的眼睛。接著把跪坐在白色地毯上的千繪的衣服，從腳踝擦了起來。白皙的腳裸露出來，根部是一叢濃密的黑毛。他仰望千繪的頭髮。紅髮，黑色的陰毛。昌明扯下她的衣服。長長的T恤型洋裝底下，什麼都沒有穿。千繪做出萬歲的動作，就像個年幼的孩童，任憑擺布。

全裸的千繪有些困惑地看著昌明，卻沒有遮掩全身任何一處。和布偶一起坐在粉紅色的沙發上，看起來也像是一具紅髮白皮膚的人偶。千繪和美津子相反，乳房小，乳頭卻渾圓碩大。昌明甚至想像起含住它時彈牙的觸感。

「你也脫啦。」

昌明急躁地扯下領帶，解開襯衫鈕釦，褪下長褲。他已經勃起了，所以內褲很難脫。昌明把千繪的膝蓋左右掰開。

「把腳打開。」

千繪毫不猶豫，兩腳踩到沙發上，稍微打開來。可以看見潛藏在光澤的陰毛底下泛紅的性器官。昌明雙手把腳掰得更開，用舌尖舔舐起那個部位。千繪緊緊地抱住泰迪熊娃娃，發出沙啞的叫喊。

「不要，會有感覺啦。」

「就去感覺啊。」

「會高潮啦。」

「有什麼關係？」

配合昌明的動作，千繪把泰迪熊按在胸上摩擦。就好像在讓布偶吸吮乳頭。昌明搶走泰迪熊，含住乳頭。如同想像，彈性十足。千繪第一次發出不是沙啞聲音的尖叫般嬌喘。昌明就這樣半蹲插入，抱起千繪的腰，劇烈地律動起來。

「討厭，我們連接吻都沒有就高潮了。」

完事後，千繪橫躺在沙發上，以鼻音喃喃道。昌明總算親吻了千繪豐滿的嘴唇。昌明想：對了，第一次看到她的時候，我就想要像這樣親吻這嘴唇。千繪滿足地把舌頭伸了進來。

離開千繪的住處時，昌明回望和自家一模一樣，風格卻有些不同的門。居然跟樓下的女人上床，他做了過去的自己無法想像的事。有個形容叫「跨越一線」今晚的自己完全就是如此。但是他並不後悔。比起後悔，自己終於和千繪睡了的滿足感實在太強烈了，讓昌明戰慄。隨著時間經過，這樣的滿足會像氣球消風一樣癟縮，慾望又會渴求新的滿足吧。這是一顆必須永遠吹灌它的氣球。過去他也曾花心過幾回，但唯獨這次，他有預感將會深陷進去。明明才剛丟了飯碗，怎麼會有這樣的喜悅？昌明無法整理混亂的思緒，按下自家門鈴。

聽到銀行倒閉，美津子震驚無比。

「房貸怎麼辦？我要出去工作嗎？」

她只是不停地這麼問。

「說這些還早。暫時還不要緊，我會去找工作。」

「等一下，你說不要緊，哪裡不要緊了？」

美津子淚眼汪汪，緊盯著昌明不放。那責怪的眼神讓昌明不知所措。

「這半年還有薪水，接下來還有失業保險。」

「可是我們才剛辦房貸啊！還有二十四年的房貸要付啊！」

「我知道。」

昌明放低了音量。因爲他覺得剛才與他翻雲覆雨的千繪，正興致勃勃地豎起耳朵。雖然似乎不是連說話內容聽都聽得到，但總覺得被發現夫妻在吵架，實在很丟臉。

「怎麼辦啦？」

「總有辦法的。」

美津子板著臉低下頭去：

「那，我也跟爸討論一下。」

美津子的父親在鄉間經營製材廠。她是打算叫銀行員的丈夫去那裡當會計嗎？昌明一陣惱怒，但立刻反省。或許很快地，不管什麼樣的工作他都得甘之如飴。因爲在N銀行工作過就自以爲高人一等，這太滑稽了。

「拜託妳了。」

昌明丟下這句話，前往浴室。他一邊沖澡，一邊對千繪傳送意念：這是我在沖澡的聲音，妳要聽出來。是心不甘情不願地沖掉和妳性交的痕跡的聲音。

深夜，美津子主動來到昌明的床上。昌明睡不著，正在床上輾轉反側，所以她覺得丈夫應該還醒著。美津子從背後緊緊地抱住昌明：

「剛才對不起。」

「沒關係。」

「明明你才是最難受的，我卻說那種話，眞的對不起。以後我們兩個一起努力吧。」

昌明翻過身體，把美津子擁入懷中。但他不想和她有肌膚之親。今晚的昌明，滿腦子只想著宛如人偶的千繪，以及那雙白皙的腳。

清算業務結束後，昌明終於開始正式尋找新工作。

但是在人口不到五十萬的地方都市，不可能有太多理想的職缺。因爲一口氣增加了近五百名失業人口，條件好的職缺幾近爭奪戰。昌明在拜訪的每一個地方，幾乎都一定會聽到這樣的話：

「你們銀行的行員都來過囉。」

已經晚了別人一步。昌明焦慮不已。必須在失業保險金領完前找到下一份工作。然而另一方面他卻也發現，原本怕得要死的失業這種狀況，竟隱藏著意想不到的喜悅。那就是名為自由的喜悅。昌明逐漸耽溺其中。

他向美津子說是去找工作，一早離家，立刻乘上電梯，按下「8」和「1」的按鈕。如此一來，就算去了千繪的住處，電梯也會自動降到一樓去，萬一美津子追上來，也有藉口可以說。他也考慮過走樓梯，但平日打交道的鄰近住戶有時也會走樓梯，因此最好避免。

偷偷在八樓下電梯的昌明，留意著鄰近住戶的活動，按下千繪那一戶的門鈴。

「早。」

中午過後會去店裡的千繪睡眼惺忪地為他開門。昌明火速閃進屋內，用腳尖挪開塞滿拖鞋處的千繪的鞋子，說她睡迷糊的臉很可愛，冷不防抱緊了她。千繪搔癢地笑著後仰，把睡亂的紅髮甩得更亂。昌明緊緊擁抱千繪後，都一定會豎耳聆聽樓上的動靜。

美津子正哼著歌打掃陽台。傳來用掃把「唰、唰」仔細把灰塵集中到一處的規律聲響。

「你太太眞了不起。我根本沒打掃過陽台。」

千繪住處的陽台擺滿了香草盆栽，以及看上去完全就是雜草的花草盆，她說是園藝。

「不用打掃。」

昌明在聽得到美津子打掃聲音的窗邊把千繪脫光，開始親吻她的身體各處。毫不知情的妻子就在上方，沒想到這件事竟能讓自己如此興奮。這輩子活了三十七年，昌明第一次陷溺在女人這種生物裡。他要千繪跪在地上，從背後舔舐陰部，從後方貫穿，逼她發出叫喊。有時他也會希望陽台的妻子會聽見這聲音。

或許不只是千繪，昌明也陷溺在毫不知情地在樓上生活的美津子當中。

如果妻子不在樓上，然後這裡聽不到自家的生活音，他不知道自己是否還會這麼深地爲千繪瘋狂。

昨晚昌明也和美津子上床了。他就像對千繪做的那樣，掰開妻子的腳，在客廳沙發上。一開始美津子很羞恥，但漸漸就放蕩起來了。

「叫出來啊。」

就像第一次意識到千繪的那一晚，他命令美津子。美津子似乎把它當成一種遊戲。

「樓下會聽到啦。」

「就是要讓她聽到。」

美津子相信，最近次數變得頻繁的性愛，以及昌明的變化，是失業的緣故。昌明覺得美津子很可憐，也覺得她拚命想要支持他的模樣惹人憐愛。就如同他強烈地被千繪的臉、身體和心所吸引，或許他也想要看到美津子新的面孔、身體和心。

「我剛才的叫聲，太太或許聽到了。」

千繪背對著窗外射進來的六月朝陽，劇烈喘息地說。

「沒關係。」

「真的嗎？」

千繪以那雙銳利的細眼回頭看過來。

「嗯。妳聽得到我們家的聲音嗎？」

「聽不到。」

千繪立刻否定，垂下目光。昌明想要看千繪的表情，千繪卻不讓他看。昌明有股想要窺覬她內心的急躁，以及自己是否在做殘酷的事的悲傷，他把菸塞進千繪的嘴裡，自己也抽了一根。接著茫茫然地尋思該如何打發接下來的時間。

「我出門了。」

沖完澡的千繪出門上班了。她今天穿著開衩的綠色長褲，搭配藍色與綠色漩渦圖案的襯衫。提著不曉得在哪買的、麥稈編織的銅鑼燒狀包包。以前是紅花芯色的紅髮摻雜了紫色，變得接近熟透的草莓的色澤。昌明過了很久才發現千繪會配合髮色變換化妝，總是懷著新鮮的心情，欣賞千繪完妝後的臉。今天她搽了深樹莓色的口紅。如此一來，整個人看上去就有種血色不良的不健康感，十分性感。

「我漂亮嗎？」

「很漂亮，很可愛。」

然後千繪出門了。接著昌明躺在散發千繪體味的床上，仰望天花板。妻子穿著拖鞋走來走去的聲音。透過窗戶，依稀傳來的電話鈴聲。一定是本田的妻子打來的。接下來兩人應該會講電話講個沒完。絕對會超過一小時。看看手錶。過中午了。差不多要出門去接麻奈的幼稚園巴士了，所以必須掛電話了吧。不出所料，又聽到拖鞋聲。妻子搽上口紅，準備下樓。

昌明閉上眼皮。一早就和千繪歡愛，睡意突然席捲而來。他把滲染著千繪酸甜香味的被單裹上肩膀，昏睡過去。醒來的時候，已經下午快兩點了。他餓了，走到連冰箱位置都跟自家一樣的廚房。廚房也塞滿了千繪喜歡的廉價雜貨。他從餐具櫃挑選了向日葵圖案的老派水杯，從冰箱取出啤酒。煮開水泡杯麵。

他從千繪收藏的洋片錄影帶當中選了《蝙蝠俠大顯神威》，躺在沙發上看起來。到了千繪說「每看必哭」的場面。又窮又不起眼的祕書瑟琳娜被推落摔死，靠著貓的力量復生，回到家裡，抓起牛奶盒直接就口喝起來。牛奶流到脖子上。無情的電話錄音。看著看著，淚水湧上昌明的眼眶。現在，他總算痛切地理解了千繪的感受。千繪是死過一次，成了貓女的女人。

全景模型。自己看著那全景模型，內心嘲笑：沒有男人會爲了千繪打獵。心想：沒有男人幫忙打獵，一個人獨活的女人，只有死路一條。但現在的自己也不去打獵，爲獨活的女人如此深地著迷。然而他也愛著相信自己、靜待打獵成果的妻子。我到底該如何是好？

天花板傳來像是孩童體重的輕盈腳步聲。朝氣十足地跑過走廊。一定是愼一回來了。昌明仰望了上方片刻。淚流不止。他用面紙拭去淚水，擤了擤鼻涕。瞬間，傳來玄關門鎖打開的聲音，千繪進來了。

「我回來了。你在做什麼？」

「我看了那部電影，哭了。」

千繪驚訝地望向電視畫面。接著把銅鑼燒形狀的包包丟到沙發上，嘆了一口氣：

「這部電影裡面，眞的每一個角色都很悲傷對吧？」

「嗯，很悲傷。」

昌明緊緊地抱住千繪。遠比自己更纖細的骨頭傾軋的觸感，讓他無比地憐愛。

「很痛耶，放開我。」

千繪彷彿從臂膀牢籠飛走似地離開了。昌明最近才知道，千繪已經三十三歲了。不管是物慾、性慾還是食慾，所有的慾望都過剩，而且對慾望忠實，是個孩童般的女人，然而卻又極有生意手段。工作的時候，她一定是用第一次在電梯遇見時，對昌明發出的那種低沉嗓音說話吧。這女人愈是深入瞭解，就愈是令人愛不忍釋。昌明目不轉睛地看著千繪樹莓色的嘴唇。

「幹嘛啦？」這是千繪的口頭禪。

「只是在想，我怎麼會如此爲妳痴迷。」

「因爲你骨子裡就是個銀行員。」

千繪說道，笑了。千繪依靠本能，洞悉了一切。沒錯，或許如此吧，昌明想。千繪不是昌明所知道的世界裡的人。居住在昌明安心的世界裡的人，是美津子。就這樣，昌明又逐漸被撕裂成兩半。

「你餓了吧？」

千繪買了超商便當給他。兩人看著電視足球賽轉播，和睦地用餐。千繪都會把自己討厭的炸雞和醃菜擅自夾到昌明的便當裡，然後一定把白飯剩下三分之一。昌明最後吃了一口千繪留下的冷飯。像這樣從早到晚一整天泡在千繪家的昌明，九點多終於回家了。

昌明付出萬全的注意，離開千繪的住處。萬一被其他住戶目擊到，一切都完了。這天他也順利走樓梯回家了。回程他之所以走樓梯，是因爲如果被抓包，可以藉口說是爲了運動，才刻意不搭電梯改走樓梯。所以昌明有時會故意假裝氣喘吁吁地開門。

「我回來了。」

「面試怎麼樣？」

擔心的美津子一看到昌明就皺眉頭。這個表情逐漸固定在美津子的臉上。昌明掩飾著良心的苛責，把手上的西裝外套遞過去。

「可能不太有希望。」

「你今天是去哪裡，怎麼這麼晚才回來？」美津子顯得很不滿。

「哦，抱歉。我去找東海林部長討論往後的事。」

東海林是以前的部長，跟昌明交情不錯。

「東海林部長找到新工作了嗎？」

「不，好像還沒有。」

「眞的嗎？」美津子表情訝異。「本田太太說，東海林部長在東京找到工作了。」

「不，好像還不到正式決定。」

昌明打馬虎眼說。他注意到美津子表情狐疑。美津子板著臉逕自走進客廳，昌明對妻子的背影尖銳地說：

「妳也想想我的感受吧！」

他明白這是在遷怒，也明白就算在家佯裝心情暴躁的失業者，在樓下也是個樂逍遙的小白臉。一切都是欺騙，這讓他心痛。美津子猛地回頭，眼中浮現憐憫的神色：

「聽說本田先生被N信託錄取了。」

本田那傢伙的話，不意外，昌明嘴唇扭曲自語道。他一點都不感到羡慕。回想起本田散發出嗆鼻髮油味的頭髮和毫無個性的外表，他甚至沉浸在優越感當中：你也來過過看我這樣的生活啊。我每天跟樓下的怪女人歡愛，同時寵愛我的妻子。你明白這是多美好的事嗎？你啊，一輩子都不可能明白。

昌明目送走進客廳的美津子，在走廊跺了兩下腳。這是給千繪的信號。今天也沒曝光，風平浪靜。

他剛在沙發坐下來，美津子便開口：

「欸，你後來還有遇到樓下的人嗎？」

「不，沒有啊。」昌明實在不敢直視美津子的臉。他爲了掩飾，拿起晚報，反過來問：「她又來抗議什麼了嗎？」

「不是啦。」美津子好笑地搖手否定。接著偷看兒童房，壓低聲音：「跟你說，那個人一大早就發出怪聲耶。」

「什麼怪聲？」

是在說今早窗邊的情事——昌明焦急起來。自己或許太得意忘形了。那再怎麼說都太惡劣了，風險也太大。

「還什麼怪聲，當然是做愛的聲音啊。那絕對是在窗邊做。眞是教人傻眼。我想說難道她是在跟男人同居？把耳朵貼在地上偷聽，結果聽到窸窸窣窣的說話聲呢。就跟她聽得到我們家一樣，我們家也聽得到她們家的聲音。不會太刺激了嗎？」

「不要那樣啦！像什麼話。」

昌明厲聲斥道。難不成妻子聽出自己的聲音了？這樣的畏懼讓他激動起來。美津子嚇了一跳，縮起脖子。

「就算她有男人又怎樣？又不關我們的事。」

「是不關我們的事，可是我很不甘心啊。還有臉對我們家說三道四。所以下次遇到她，我一定要說她一頓：妳自己不是也一大早就製造怪聲！妳自己的生活還不是很糜爛！」

美津子面露惡意的笑。昌明用晚報遮掩困惑的表情。

「不要理她啦。」

「可是實在教人氣不過啊。就只有我們家被單方面數落。下次我在她家前面埋伏她好了。眞想看看那個男人的嘴臉。」

「不要這樣！混帳。」

昌明反射性地站起來，四處踱來踱去。他覺得美津子應該不是說認眞的，但她對千繪懷恨在心，不曉得會做出什麼事來。

「老公，你是怎麼了？」

美津子突然問，昌明嚇了一跳。

「什麼怎麼了？」

「之前那女人來抱怨的時候，是你說要向管委會投訴的，怎麼突然變好人了？」

「有嗎？」昌明含糊地說。「可能是自己失業，就沒心思去責怪別人了吧。」

美津子一臉難以信服，昌明撇下她，前往臥室。他打開衣櫃脫襯衫，回想美津子的話。她那些話有幾分認眞？美津子向來中規中矩，反正不可能眞的付諸實行，但勾起她對千繪的好奇，是個敗筆。

不過想像美津子耳朵貼在地上聆聽自己和千繪的情事，又教人興奮起來了。都幾歲的人了，讓自己的女人分別住在樓上樓下，自己在兩邊來來去去，到底是在做什麼？昌明癱倒似地坐在床尾，爲了複雜的事態抱住了頭。

「老公。」美津子突然走了進來。昌明慌忙抬頭。

「幹嘛？」

「剛才我忘了說。我爸媽他們要來。說想在這裡待幾天，跟你討論工作的事。」

「這樣。妳爸會挖角我去他的製材廠嗎？」

「不可能突然就這樣說啦。他說想要把你介紹給認識的地方，可以嗎？」

一想到頑固的鄉下人岳父，和熱心過頭的岳母，昌明就覺得心煩。但因爲自己失業，害他們擔心了，他們想要幫忙，也是天經地義的事。昌明點點頭：

「我知道了。他們什麼時候來？」

「說明天十點左右。」

是時候該收手了嗎？不，至少想要再延期一下。昌明下了床，躺在鋪滿地毯的地上。一點點也好，他想要更接近千繪一些。

隔天早上，昌明比平常更早，還不到九點就按下千繪家的門鈴。

千繪可能還在睡，遲遲不出來應門。隔壁戶的門內傳來年輕的女聲。昌明連忙跑到樓梯間躲起來。門打開來，一名大學生年紀、穿迷你裙的年輕女子正走了出來。千鈞一髮。昌明鬆了一口氣，再次回到千繪的住處門前。

千繪開了門，一副剛睡醒的模樣。昌明連忙閃進室內。

「怎麼了？還這麼早。」

千繪穿著黑色坦克背心和短褲，雙手搭在昌明肩上，像貓一樣伸了個懶腰。

「抱歉。」

昌明是來通知「我暫時沒辦法來了」，千繪卻說「再做一次」，拉著昌明的手到臥室。難以抗拒的慾望翻湧，昌明覺得他無法想像再也不來這裡。

臥室陰暗，空調沉澱的冷氣和千繪吐出來的二氧化碳，讓室內宛如千繪的肌膚一樣滑膩，充斥著淫靡的氣味。昌明褪下千繪的坦克背心，把她柔軟的身體按在自身西裝硬挺的布料上。如此一來，應該就能摩擦到千繪的身體突出的部分。千繪的呼吸急促起來，拉扯著昌明的手，自己躺到床上。昌明在一旁看著。

「舔我。」

「妳才要舔我。」

昌明站著拉下長褲拉鍊，掏出陽具塞進躺下的千繪口中。千繪吸吮舔舐的聲音淫蕩極了，讓人聯想到貓舔盤子的聲音。千繪總是這麼做。昌明看著閉上雙眼，口中被陽具塞滿的千繪的臉，回想起昨晚。

蹲在昌明胯間舔舐陽具的美津子的嘴巴。以前美津子不會像千繪這樣舔出聲響，但昨天晚上不一樣。一切都是激烈的。白天她聽到千繪和自己的情事聲音，一定勾起了她不同於平時的部分。

這下眞的麻煩了，昌明想。可是，那又怎麼樣呢？每次來到這裡，所有的一切都會變得無關緊要。就連時間的流逝、明天會是怎樣的一天都不重要了。爲了得到快樂，昌明閉上眼睛，集中精神。

「今天你比平常早了一個小時來。」

「嗯，因爲出了很多事。」

昌明用指尖撫弄著枕在臂上的千繪的紅髮。一切都是從這頭紅髮開始的。

「什麼事？」

「晚點再說。」

千繪默默地瞪著天花板。

「怎麼了？」

「嗯，想說你太太今天好安靜。她在做什麼呢？」

一定是耳朵貼在地上聽我們做愛，昌明在心中答道。

「她爸媽要過來。他們要住在家裡，所以我可能一陣子不能來了。」

「這樣。爲什麼？」

「他們想介紹我工作。我可能好一陣子都不能過來了。」

「沒關係啊。」千繪輕快地回答。「可是，那不是太好了嗎？」

她怎麼沒有更沮喪？千繪的反應讓昌明失望。千繪果然是貓女。他還想和千繪一起漂浮在陰暗中，她卻坐了起來。

「抱歉，我差不多得起來了。」

千繪全裸地下了床，一把拉開夜色的天鵝絨窗簾。陽光透過玻璃窗灑入，襯得千繪的紅髮像一朵美麗的花。昌明對此看得出神，接著被光扎得瞇起眼睛，仰躺著望向天空。

「天氣眞好。今天要穿什麼好呢？」

千繪愉快地打開衣櫃。昌明上下顚倒地仰望著無雲的藍天，想像美津子把耳朵貼在玄關門偷聽的模樣，還有美津子偷偷開門，躡手躡腳走近床邊的樣子。如果美津子能因此展現出更不同的面貌就好了。然後千繪嫉妒自己和妻子，更執著於自己就好了。我想要永遠在兩個女人之間來去。

昌明打消想像，將視線從藍天轉向天花板，思考下一步要怎麼做。結果彷彿一直靜靜地在觀察昌明般，傳來拖鞋啪噠啪噠走過的聲音。

夜晚的沙子

NIGHT SAND

ジオラマ

我知道自己來日無多了。

所有的一切都像罩了一層霧，輪廓模糊。幾乎食不下嚥。觸摸手腳，冰冷得彷彿不屬於自己。再過個幾天，我就要去另一個世界了。我不害怕。我七十八歲了。就像陽光下的沙，在太陽西沉後，從表面開始緩慢地轉涼，變成連芯都是冰冷的夜晚的沙。這就是死亡。

奇妙的是，每晚造訪步向死亡的我的夢。它所帶來的恍惚與豐碩的果實。有誰能夠想像得到，一個閉上沉重眼皮的老太婆，內心竟是激昂火熱的？誰能夠感受得到，起皺的皮膚之下那滾滾熱血的沸騰？這世上的誰，能爲我將生命之火熄滅前一刻的歡喜傳達給後人嗎？我在醫院病床上竊笑著，卻沒有任何人察覺。

起初，是溫柔得讓人想哭的擁抱。

某天夜晚，我在巨大的不安中醒來。今晚，躲藏在黑暗中的孤獨和恐懼，又會折磨著無法成眠的我吧。我嘆了一口氣。就在這時，我發現一旁躺著一名陌生的男子。男子把手伸進我的脖子底下，將我擁入他厚實的胸膛。

男子就是散發著夜晚森林芳香的寧靜黑暗本身。我放下心來。

男子摩挲我的背，撫摸我的頭髮，以有些乾粗的嘴唇親吻我的喉嚨。手掌覆蓋乳房，捏起小巧的乳頭。我用手指摸索看不見的男子的臉。刮過的鬍鬚痕跡。短而硬的髮絲。年紀和外貌都不確定。男子不是幾十年前就已經過世的我的丈夫，也不是我認識的任何一個男人。而這個我也不是老太婆，不是年輕時日的我自己，而成了一個單純的女人。多奇妙的夢啊！

男子悉心探索我的身體，當黎明的晨光射入病房，他也在不知不覺間消失了。隨著男子出現，我的孤獨和恐懼也消散無蹤。

下一個夜晚，激烈的恍惚讓我意外地醒來了。昨晚的男子正蹲伏在我的腿間。男子的手指掐進硬被打開來的大腿內側。我濕了。舌頭尖起，開始舔弄肉芽。兩根指頭左右分開肉褶。潮濕的內裡感覺到風，我呼喊出來。男子從黑暗中看著我一次又一次高潮。而我做出了從來不曾有過的淫蕩舉動。我抓住男子的陰莖，主動引誘他進來。

隔天早上，協助我排泄的護理師道歉說：

「這裡怎麼瘀青了呢？對不起，一定是有人動作太粗魯了。」

男子真的來過。我叫他夢魔。此後，夢魔每天夜晚都來拜訪我。我夜夜與夢魔交媾。各種形態的交接。所有一切能想到的媚態。從未經驗過的愉悅。這些隨著他一同到來。我忘掉了死亡。

今晚的夢魔，在夜晚躡近之前造訪了。就在傍晚的夜色盤踞在醫院的走廊角落時。就在吹動窗簾的風開始染上冰涼的濕氣時。這是第一次。

他化身巨大的肉船，從背後包裹住我，緩緩地搖盪著。光滑碩大的手掌觸摸我的雙頰。我的臉頰就像女孩般飽滿豐腴。謝謝你。我輕輕地把臉頰貼近那身體已經熟悉的手掌。謝謝你今天也來了。

夢魔絕對不會出聲。但他會寵愛心愛的女人。他的動作溫柔細緻，洋溢著慈愛。片刻之間，我享受著夢魔的體溫和寬闊的胸膛觸感，仰躺漂浮著。同時回想起幼時被父親抱在懷裡的感受。

很快地，大腿後方感受到夢魔的陰莖變得堅硬。好想就這樣從背後被貫穿。念頭一起，夢魔的手便化成了性急粗魯的男人的手。他一手拘束我的手腕，另一手搓揉我的乳房。他的腳強硬地分開我的身體。陰莖擠進狹窄的肉筒。兩人扭動著身體前往的地方，是天堂嗎？過度強烈的快感，讓我忍不住放聲呼喊。

「妳還好嗎？」

護理師擔心地探頭看我。看到我潮紅的臉，她應該表情狐疑。但我的眼睛就像剛出生的小狗般罩上了一層白膜，看不到她的表情。

「很難受嗎？要叫醫生來嗎？」

不要管我。我想要這麼說，卻發不出聲音。一直以來，我和夢魔的道別，總是像潮水退去般平靜，從來沒有像這樣被硬生生拆散過。夢魔會走掉的。我滿腦子只有這件事。感覺到護理師離開病房的動靜，我對著黑暗說：

「要再來喔。」

他再也沒有現身。我躺在床上，失去了時間感。他明天會來嗎？或是明天本身還會降臨我身上嗎？我睜開眼睛，想看清夢魔應該就在那裡的黑暗。

然而我的眼睛已經無法辨識黑夜與白晝了。我看到的不是黑暗，而是模糊的白光。

突然，我知道他眞正的名字是什麼了。「死亡」。或是「我」。他是我在化身夜晚的沙子前夕，從身體的芯放射出去的白晝的餘熱。我粗重地吐氣，撫摸自身萎縮的胸部。已經感受不到溫度了。我終於化成了夜晚的沙子。

本書後記／桐野夏生

小時候，我沉迷於翻開嵌在地面的石頭。

乍看之下平凡無奇的石頭，底下卻有個與地上截然不同的世界，這讓我覺得好玩得不得了。底下有潮濕漆黑的泥土，棲息著噁心恐怖的生物。小螞蟻、蚯蚓、像白色蛆蟲的幼蟲、植物糾結的根。這些生物突然曝露在陽光底下，不是倉皇亂竄，就是徒勞地扭動。我一面對抗著內心的噁心，卻無法轉移視線，入迷地注視著。

存在於每一塊石頭底下的異世界。翻過來就會顯現的那些異世界，依循著不同於我生活的世界的原理運行。石下的世界底下，還有土中這個異世界，世界就像這樣，是由許許多多不同的階層所構成。寫小說這份工作，我覺得就像是翻開石頭的行為。

所以對我來說，短篇小說就是寫下翻開一塊石頭，發現那底下的世界的驚奇，或是描寫那個世界。不全是陽光底下的石頭，有時也有一個人搬不動的山中巨石，或是河邊的鵝卵石。翻開各種場所的各種石頭，那就是短篇小說。而挖掘更深層的地下世界，對我來說就是長篇的工作。

這麼一想，細心地書寫短篇小說，眞是相當困難的工作。必須承受不起眼的石頭底下潛藏著驚人生物的恐怖，而且翻石頭手會弄髒，也會疲倦。有時候也會被別的東西吸引，連顆石頭都沒看見。而且只是挖掘也太沒創意了。萬一有蛇冒出來，當然要逃，有時也隱藏著必須定睛細看才會發現的生物。每一顆石頭底下有著不同的世界。即使微小，但我想要珍惜當時的驚奇、恐懼，或是感動。因為我認為這是寫作的基本。

以下，我想依據收錄的次序，回溯書寫當時的記憶，說一說現在的感想。

〈死亡女孩〉

這是根據一名年輕女子被棄屍在賓館一星期的眞實事件寫成。夾在床架和床墊間的屍體，到底是什麼？在上方渾然不覺地從事性行爲的數對男女，事後會有何感想？這篇小說就是從這樣的想像誕生的。說出主題，實在很煞風景，就是橫亙在男女之間的「難以跨越的鴻溝」。換句話說，死亡女孩代表了在男女戰爭中落敗的一方。死亡女孩內心的荒涼，與我撰寫的《異常》一脈相承。這或許是這部短篇集當中，我最喜歡的作品。

〈六月新娘〉

出櫃說來簡單，但要坦誠自己是偏離社會正軌的人，不僅需要勇氣，應該也伴隨著莫大的痛苦。不曉得我是否寫出了那種揪心與失落。只是翻開一顆石頭或許還不夠。不，必須更辛苦地挖掘出更多深埋在土中的石頭吧。這是我還想要再書寫的主題。

〈蜘蛛網〉

十五頁可以寫出什麼？我想要挑戰自己，寫出了這篇短篇。女主角是個內心充滿了許多稱不上嫉妒或乖僻的小刺的女人。短短幾天，這些刺因爲某些契機，增殖到連自己都嚇到了。最近有許多人連自己的刺都沒有意識到。

〈關於井戸川先生這個人〉

寫這部作品的時候，我還不知道「跟蹤狂」這個詞。有了詞彙，觀念就會逐漸固定下來。我覺得幸虧我不知道「跟蹤狂」這個詞。因爲主角綾部並不是一個充滿了能以硬邦邦「日文漢字」表述的詞彙的人。但話說回來，他也並非愚笨。他很溫柔，卻是一個散漫無章的「日文假名」式的人。如果我知道「跟蹤狂」這個詞，總覺得對綾部的內心描寫，就不會像這樣是許多的「日文假名」。就因爲我不知道「跟蹤狂」一詞，我才能夠與綾部一起漫無邊際地思考、想像井戸川先生這個奇妙的人。

〈扭曲的天堂〉

導遊卡爾系列第一作。一九九二年，我前往柏林旅遊，看到了東柏林的崩壞。我是依據當時荒廢的街道印象而寫的，和現在的狀況應該大相逕庭。當時的柏林充滿了肅殺，盤旋著冷戰體制崩壞後的希望與不安。因爲看過這樣的渾沌，我才能寫出這樣的小說。

我似乎喜歡書寫像卡爾這樣，無法感覺到歸屬的人。無論好壞，都是因爲卡爾這個主角，我才能夠像寫翻譯小說一樣，用有些疏離的情緒來寫。在這個時候，我就打算要繼續寫以卡爾爲主角的短篇。

〈黑狗〉

卡爾二十九歲以後的故事。我很好奇卡爾這個人，在日本度過了怎樣的少年時期。卡爾的少年時期，也是一個崩壞的家庭故事。雖然也想多寫一些卡爾在柏林的生活，但舞台離開日本，就覺得很不踏實，讓我遲遲下不了決心。不過，最近我覺得這樣也好。或許有一天，我也會寫下三十多歲、四十多歲的卡爾。第一次出版時，單行本中的結局我不滿意，在這次的文庫版做了若干修正。

〈蛇夫〉

十五頁短篇的第二部作品。翻開石頭一看，竟出現這樣的人格，那種驚愕。我最感到害怕的，是人心的樣貌。沒想到竟是這種人——這麼想的時候，其實我是懷著近似恐怖的感情。也是對一廂情願地相信的自己的恐怖。

〈全景模型〉

我構思了一個和公寓樓下住戶的女人發生關係的男人的故事。當時剛好有家知名地方銀行倒閉了，聽到行員們都感到青天霹靂，我得到了靈感。我原本打算描寫石頭下的那片異世界本身，但是從千繪的角度來看，溝口的世界才是異世界吧。附帶一提，我個人非常喜歡觀看全景模型或箱庭。因爲在小小世界這一點上，和石頭底下也十分相似吧。

〈夜晚的沙子〉

短短六頁的情色小說。說到年近八旬的老婦人，或許會覺得與性愛無緣。但人類是深不可測的。我對凡事都抱持疑問，認為「或許只是自己不知道而已」。因此我反而是想要書寫人類的可能性。

翻開石頭後，兒時的我接下來怎麼做呢？滿足了想看可怕東西的欲望後，再次把石頭蓋回去嗎？或是丟下翻開的石頭，尋找下一個目標？我猜應該是後者。好奇心實在是幼稚而殘忍。突然被驚醒並逃竄的蟲子們，不可能再次回到原處。遭破壞的世界就這樣永遠被破壞了。而這對翻開石頭的人來說，也是件有趣的事。我就像個暴君，一個接著一個，連番曝露出石頭底下的世界。

閱讀短篇小說的恐怖，也是遭曝露的世界就那樣被曝露在那裡。被作者揭露在白晝之中的隱微世界，遲早會乾涸、死絕，逐漸變得和地上沒有兩樣。讀者也會同時被棄置在那裡吧。或許也有人不知所措地站在被翻開的一塊石頭前，根本看不到下一塊石頭。這樣的讀者必須要覺悟到，自己的世界也將徹底乾透。

但只要是寫小說的人，應該都想要翻開石頭，把讀者丟在那裡。沒錯，翻開石頭，其實也是一種可怕的行爲。

二〇〇一年八月

全景模型

ジオラマ

作者—桐野夏生
譯者—王華懋
編輯—黃煜智
校對—魏秋綢
封面設計—蕭旭芳
內文排版—陳姿伃
行銷企劃—林昱豪
副總編輯—羅珊珊
總編輯—胡金倫
董事長—趙政岷
出版者—時報文化出版企業股份有限公司
108019 台北市和平西路三段二四〇號四樓
發行專線／（02）2306-6842
讀者服務專線／0800-231-705、（02）2304-7103
讀者服務傳真／（02）2304-6858
郵撥／1934-4724 時報文化出版公司
信箱／10899 臺北華江橋郵局第九九信箱
時報悅讀網—www.readingtimes.com.tw
電子郵件信箱—ctliving@readingtimes.com.tw
思潮線臉書—https://www.facebook.com/trendage
法律顧問—理律法律事務所 陳長文律師、李念祖律師
印刷—勁達印刷有限公司
初版一刷—二〇二三年二月十日
定價—新台幣四五〇元

Printed in Taiwan

時報文化出版公司成立於一九七五年，
並於一九九九年股票上櫃公開發行，於二〇〇八年脫離中時集團非屬旺中，
以「尊重智慧與創意的文化事業」爲信念。

全景模型 / 桐野夏生著 ; 王華懋譯 . -- 初版 . -- 臺北市 : 時報文化出版企業股份有限公司 , 2023.02
320 面 ; 14.8*21 公分 .
譯自 : ジオラマ
ISBN 978-626-353-314-1 (平裝)

861.57　　111020639

DIORAMA
by Natsuo Kirino

Originally published in Japan by SHINCHOSHA Publishing Co., Ltd. Tokyo.
Chinese (in complex character only) translation rights arranged with
Natsuo Kirino, Japan
through THE SAKAI AGENCY and AMANN CO., LTD.

ISBN 978-626-353-314-1
Printed in Taiwan